www.ingramcontent.com/pod-product-compliance
Lightning Source LLC
LaVergne TN
LVHW010829051026
849532LV00007B/2650
* 9 7 8 9 3 6 9 0 8 7 2 1 1 *

مقدس مسافر

(تاریخی افسانے)

احسان

Muqaddas Musafir *(Short Stories)*

by: Ehsaan

Edition: January '2025

Publisher :

Taemeer Publications LLC (Michigan, USA / Hyderabad, India)

ISBN 978-93-6908-721-1

9 789369 087211

کتاب	:	**مقدس مسافر** (تاریخی افسانے)
مصنف	:	**احسان**
صنف	:	فکشن
ناشر	:	تعمیر پبلی کیشنز (حیدرآباد، انڈیا)
سالِ اشاعت	:	۲۰۲۵ء
صفحات	:	۱۰۸
سرورق ڈیزائن	:	تعمیر ویب ڈیزائن

فہرست

اعمال سے تہی دست ——— لیکن رحمت کا امیدوار

ایک دیوانہ

دربار نبوت کی کنڈی ہلا رہا تھا۔ فرشتے اسے روک رہے تھے۔ ان کا خیال تھا کہ جس کے چہرے پر گناہوں کی گرد اور کندھوں پر بد اعمالیوں کا بوجھ ہو اسے کس طرح دربار رسالت میں حاضر ہونے کی اجازت دیں۔ لیکن دیوانہ بھی ہٹ کا پکا تھا۔ وہ کنڈی ہلاتا رہا۔ ہلاتا رہا اور آخر اس رحمت مجسم نے جو کالی کملی اوڑھ کر اس دنیا میں آئی تھی دیوانے کو اندر بلا لیا

اور

دیوانے نے رحمت کے قدموں پر چند اوراق رکھ دیئے، پھٹے ہوئے —— بوسیدہ —— اور بولا —— "میری جھولی میں اور کچھ نہیں سرور دو عالم —— صرف عقیدت ہے وہی نذر کرتا ہوں ——" رحمت کے ہونٹوں پر مسکراہٹ کھیل گئی اور دیوانے کی دیوانی عقیدت شرف قبول کو پہنچی

ابتدائیہ

گر محبت حملہ بر ناموس کفار آورد
برہمن را سبحہ در گردن بباز آورد

تاریخ ایک آئینہ ہے جس میں قوموں کی سیرت و سیاست اور اخلاق و کردار کا صحیح جلوہ نظر آ سکتا ہے اور اسی جلوے کی روشنی میں انسانیت کی ابتدائی تربیت گاہیں دکھائی دیتی ہیں لیکن جب تاریخ نہیں تھی، علمی تحقیقات کا دائرہ محدود تھا، معلومات کی روشنی جہالت و بیخبری کی تاریکیوں میں پوشیدہ تھی اس زمانے میں اگلے وقتوں کی تہذیب، معاشرت اور مذہبی و اخلاقی کیفیت کا اندازہ کس طرح لگایا جاتا تھا؟ آؤ اس سوال پر غور کریں معلومات کی مشعل اٹھائیں اور اس تاریک ترین دنیا کی سیر کریں جسے زمانہ قبل از تاریخ کہا جاتا ہے جب ہم اس مقام پر پہنچیں گے تو ایک روشن ترین حقیقت تاریکیوں سے لپٹی ہوئی نظر آئے گی جس سے معلوم ہوگا کہ پرانے زمانے میں جو چیز تاریخ کی ضرورت پیدا نہ ہونے دیتی تھی اسے کہانی یا افسانہ کہا جاتا ہے۔ چنانچہ عہد قدیم کی مذہب پرست قوموں کا سارا علمی ذخیرہ کہانیوں ہی پر مبنی ہے۔ یونانیوں نے کہانیوں کے ذریعے سے علم الاصنام پیدا کیا، ہندوؤں نے افسانوں کے آئینے میں اپنی مذہبی روایات کا جلوہ دکھایا۔ یہودیوں نے قصص و حکایات ہی کی زبان سے دینی حقائق و معارف پر گفتگو کی۔ اور یہ گفتگو اس درجہ موثر ثابت ہوئی کہ بعض مسلمان مورخین کا سلجھا ہوا دماغ بھی امت کلیم کی علمی الجھنوں سے محفوظ نہ رہ سکا چنانچہ ہماری چند تاریخوں اور تفسیروں میں جو افسانوی عنصر نظر آتا ہے اس کا ماخذ یہودیوں ہی کی حکایات ہیں ان تعلقات سے یہی معلوم ہوتا ہے کہ تاریخ کی بہ نسبت افسانہ زیادہ پرانا ہے کیونکہ افسانہ اس

زمانے میں بھی کامیابی و مقبولیت کی آخری منزل پر تھا جب انسانی دماغ میں خیال تاریخ کے لیے گنجائش بھی پیدا نہ ہوئی تھی۔ لہٰذا تاریخ کو افسانے کے عہد زوال کی پیداوار سمجھئے یا اس کی علمی صورت کہئے لیکن اس حقیقت سے انکار نہیں کیا جا سکتا کہ تاریخ افسانے کی بیٹی ہے۔ آج کل تاریخ بھی ترقی و عروج کے تمام مرحلوں سے گزر کر مقبولیت کے اس مقام پر پہنچ چکی ہے جہاں سے آگے نہ کوئی راستہ ہے نہ کوئی منزل کا نشان دکھائی دیتا ہے۔ اس لیے وہ الٹی چال چلنے پر مجبور ہے۔ وہ افسانے کی طرف آ رہی ہے۔ چنانچہ تاریخ کے مقابلے میں تاریخی افسانے زیادہ مقبول ہو رہے ہیں لیکن مسلمانوں نے اس مسئلے کی طرف زیادہ توجہ نہیں کی۔ غیر مسلم قومیں افسانے کو صدیوں سے مذہبی خصوصیات و روایات اور تعلیمات و پیغام کی اشاعت کا ذریعہ بنا چکی ہیں مگر اس میدان میں مسلمانوں کا اشہب قلم پورے جوش و خروش کے ساتھ جولانیاں نہیں دکھا سکا۔ چودھویں صدی ہجری کے آغاز میں مولانا عبدالحلیم شرر لکھنوی نے تاریخ و افسانہ کے اختلاط سے امتزاجی ناول کی طرح ڈالی۔ یہ رنگ اس درجہ مقبول ہوا کہ گوشے گوشے میں تاریخی ناول دکھائی دینے لگے لیکن یہ طرز بھی زمانے کی تبدیلیوں کے ساتھ فرسودہ ہو چکی ہے اور اس کا فرسودہ ہونا غیر ضروری نہیں کیونکہ تاریخی ناولوں نے اسلامی سیرت کا صرف شجاعانہ پہلو ہی دکھانے کی کوشش کی ہے۔ آپ اس قسم کے تمام ناولوں کو ایک ایک کر کے پڑھ جائیے۔ اس کے بعد اس نتیجے پر پہنچیں گے کہ اسلام کے پاس کشور کشا تلوار اور زخم خوردہ سینے کے سوا کچھ نہ تھا۔ حالانکہ اسلام کی فتح و نصرت اور کامیابی کا باعث وہ حربہ تھا جسے قرآنی اصطلاح میں خلق عظیم کہا جاتا ہے۔ یہ حربہ کسی کی گردن سے لہو کے قطرے نہیں مانگتا۔ کسی کے سینے کو زخموں سے لالہ زار نہیں بناتا۔ کسی کے عرصہ حیات میں ظلم و ستم کے کانٹے نہیں بوتا۔ بلکہ نہایت خوشگوار طریقہ سے دل کی گہرائیوں میں اتر جاتا ہے اور اپنے نامحسوس اثر سے دل میں ایسے جذبات پیدا کر دیتا ہے کہ اس میں اسلامی عقیدت کے سوا کسی چیز کی گنجائش نہیں رہتی۔ یہ ہے اسلام کی حقیقی د

بنیادی خوبی جس کی تصویر عرفی شیرازی نے ان الفاظ میں کھینچی ہے ؎

گر محبت حملہ بر ناموسِ کفار آورد
برہمن را سبحہ در گردن بہ بازار آورد

سید احسان علی شاہ مبارکباد کے مستحق ہیں جنھوں نے اسلام اور داعی اسلام کے اخلاق کریمانہ کا حسن افسانے کے آئینے میں دکھادیا ہے اس کوشش کا شاندار نتیجہ زیر نظر مجموعہ ہے جو اگرچہ صرف چار افسانوں پر مشتمل ہے لیکن تعلیمی اعتبار سے ہر افسانہ میں سیکڑوں کتبخانوں کی روحیں پوشیدہ ہیں۔ احسان کا طرز انتخاب اس کی افسانہ نگاری سے بھی زیادہ قابل تحسین ہے۔ اس نے افسانے کے موضوعات کی تلاش میں انتہائی بصیرت سے کام لیا ہے چنانچہ جن واقعات کو افسانوں کا لباس پہنایا گیا ہے اُن کی تاریخی اہمیت بذات خود تعلیم و پیام کی حامل ہے لیکن فاضل افسانہ نگار نے ان تعلیمی عقدے کو نوک قلم سے اس طرح سلجھایا ہے کہ اس کا اثر انگیز پہلو خود بخود نمایاں ہو گیا ہے اور سب سے بڑی خصوصیت یہ ہے کہ حقیقت کو افسانے سے ہم آغوش تو کیا گیا ہے لیکن اس اختلاط کے باوجود حقیقت کی شکل مسخ ہونے نہیں پائی۔ اسی طرح افسانویت بھی حقیقت میں سرتاپا ڈوبنے کے باوجود اپنی اصلیت سے جدا نہیں ہوسکی، چنانچہ ان افسانوں میں جہاں تاریخی صداقت کا دامن نہیں چھوڑا گیا وہاں افسانے کا فنی احترام بھی قائم رکھا گیا ہے۔ نفسیات کی تصویر کشی، وجدانی کیفیات کی ترجمانی اور مقام و ماحول کی نقشنگاری اسی شان کے ساتھ کی گئی ہے جو طبعزاد افسانے کے لئے سرمایۂ افتخار ہو سکتی ہے۔ بعض سطروں میں تو ایسے جامع الفاظ نظر آتے ہیں جو زبان خود افسانے کی جزئیات تبلارہے ہیں۔ ان خوبیوں اور خصوصیتوں کے پیش نظر احسان کے افسانے ایک نئی طرز کے حامل ہیں اور یہ طرز جس قدر مقبول ہوگی اسی قدر تاریخی حقائق پر مقبولیت کے دروازے کھلتے جائینگے۔ علاوہ ازیں دنیا اس حقیقت سے بھی آگاہ ہو جائیگی

کہ اسلام حوادث کے سورج کی دھوپ سے بچنے کے لئے تنوار کا سایہ نہیں ڈھونڈتا بلکہ اس کے اخلاق کا دامن اتنا وسیع ہے کہ اس میں اگر جہنم بھی سما جائے تو ایک خوشگوار انقلاب کی بدولت جنت الفردوس بن کر رہ جائیگا۔ اسلامی اخلاقیات کی تعلیم و تشریح کے لئے اس سے بہتر کوئی ذریعہ نہیں ہو سکتا کیونکہ تاریخ کو ہر شخص کا ذوق مطالعہ قبول نہیں کر سکتا۔ طویل و ضخیم ناولوں کا زمانہ بھی گذر چکا ہے اس لئے صرف مختصر افسانہ ہی ہے جس سے یہ مقصد عظیم پورا ہو سکتا ہے اور اگر افسانے کا کام بھی سید احسان جیسا صاحب کمال ادیب انجام دینے لگے تو اس سے بڑھکر افسانے کی خوش قسمتی کیا ہوگی؟ لہذا احسان کا یہ کارنامہ ہر علمی و ادبی حلقہ میں خراج تحسین کا مستحق ہوگا۔ امید ہے وہ اس کوشش کا سلسلہ اسی مقام پر ختم نہ کرینگے بلکہ اسے بہت زیادہ وسیع کرنے کی کوشش کرینگے۔ ابھی گلستان تاریخ میں ہزاروں ایسے پھول ہیں جو اپنی نمائش کے لئے افسانے کا دامن ڈھونڈتے ہیں۔

دفتر اخبار "خیام" لاہور
۴ نومبر ۱۹۴۲ء

اظہر امرتسری

مقدّس مسافر

"یہ کوئی نئی بات نہیں کہ اس پر حیران ہوا جائے۔"

کہنے والے کا لہجہ عجمی تھا۔ آواز تیز اور طنز کے زہر سے بھری ہوئی تھی اس لئے سب لوگ چونک کر ادھر دیکھنے لگے۔

ریتلے پتھر کی ایک لٹکی ہوئی چٹان کے سائے میں ایک عمر رسیدہ سفید ریش بزرگ صورت شخص بیٹھا تھا۔ چہرے کی رنگت کچھ ڈھلنے اور کچھ محنت شاقہ کی وجہ سے سانولی سی ہو گئی تھی۔ آنکھیں خاصی بڑی بڑی ہونگی کسی زمانے میں لیکن اب اندر کو دھنس گئی تھیں اور ان کے ارد گرد لاتعداد حلقے پڑ گئے تھے۔ لیکن اس کے باوجود اب بھی ان آنکھوں میں ایک خاص قسم کا جلال تھا اور گو منہ میں صرف دو چار دانت تھے تاہم آواز کی طاقت اور کرارا پن اب بھی کئی جوانوں کو مات کرتا معلوم ہوتا تھا۔ اتنی مستفسرانہ لفظوں کی اچانک یورش سے وہ کچھ گھبرا سا گیا۔ ادھر ادھر دیکھنے کے بعد اس کی نظریں خود بخود جھک گئیں اور اس کی موٹی موٹی گرہ دار انگلیاں جن پر پانی کھینچنے کی وجہ سے موٹی موٹی بھدیاں پڑ چکی تھیں غیر شعوری طور پر نرم نرم ریت پر لکیریں سی بنانے لگیں۔

دیکھنے والے چند لمحے انتظار کرتے رہے اور آخر جب عجمی نووارد کے منہ سے

کوئی دوسرا لفظ نہ نکلا تو ان میں سے ایک بولا "عجمی بھائی! آخر یہ آپ نے کیا فرمایا مسیلمہ کذاب جیسا شخص تو آج تک ریگزار عرب میں پیدا ہوا ہی نہیں۔ یہ تو ہم عربوں کے لئے بالکل نئی چیز ہے"

عجمی نے شرمائی ہوئی آنکھوں کو بمشکل اٹھا کر اپنی طرف تکنے والے آنکھوں کے لاتعداد جوڑوں کو حجاب آلود نگاہوں سے دیکھا اور پھر زمین کریدتا ہوا بولا "میرا مطلب یہ نہ تھا کہ اس سے پہلے اور لوگ بھی اسی قسم کے جھوٹے دعوی کرتے آئے ہیں بلکہ میرا مطلب تھا کہ طائف کے لئے یہ بات کچھ نئی نہیں ہے۔ اس طائف نے حضور سرور کونینؐ کی زندگی ہی میں آپ کو اتنا دکھ دیا تھا کہ اگر آپ کی جگہ جناب نوح یا کوئی اور نبی ہوتے تو آج طائف کیا عرب کی سرزمین جغرافئے کا ایک بھولا ہوا باب بن چکی ہوتی۔ یہ تو رحمتہ للعالمین ہی کا دل گردہ تھا کہ اتنی کچھ ایذا رسانی کے باوجود طائف کے باشندے قہر الٰہی سے صاف بچ گئے اور سرور دو عالم نے فرما دیا "میں ان لوگوں کی تباہی کے لئے کیوں بددعا کروں۔ اگر یہ لوگ خدا پر ایمان نہیں لاتے تو کوئی بات نہیں۔ مجھے پوری امید ہے کہ ان کی نسلیں ایک خدا پر ایمان لانے والی ہونگی" کاش حضور پر نور اتنی رحمدلی نہ فرماتے اور انگور کی بیلوں کے یہ مالک......" وہ کہتے کہتے یکدم رک گیا۔ اس کی گردن کے پٹھے تن گئے۔ نتھنے پھول گئے اور اس کی سانس کی آمد و شد اتنی تیز ہو گئی کہ بوڑھا پھیپھڑا برداشت نہ کر سکا۔ اس کا چہرہ غصے سے تمتما اٹھا۔

"لیکن آپ رک کیوں گئے؟ کہتے جیئے نا!" ایک نوجوان نے تحکمانہ لجاجت سے کہا۔
"کہنے کی بات نہیں میرے عزیز!" عجمی نے دور افق پر آنکھیں گاڑتے ہوئے دانت

پیس کر کہا "میری آنکھوں کے سامنے وہ منظر آرہا ہے۔ جب شہنشاہ کون ومکان اس بدنصیب طائف کے تیرہ بخت باشندوں کی گالیاں کھا رہا تھا جب اس پر پتھروں کی بارش کی جا رہی تھی اور جب اس مقدس مسافر کا خون طائف کے مہمان نواز میزبانوں کے پتھروں سے اس کے زخمی رخساروں پر بہتا ہوا طائف کی زمین میں جذب ہو رہا تھا۔"

"لیکن ـــــ لیکن آپ کو کیسے معلوم ہوا یہ سب کچھ ـــ کیا ـــ کیا ـــ میرا مخاطب مجھے اجازت دیگا کہ اس کا نام پوچھوں؟"

"میرا نام عداس ہے میرے عزیز بھائی!" عجمی نے اسی خود فراموشی کے عالم میں کہا "میں اس زمانہ میں ربیعہ کے بیٹوں عقبہ اور شیبہ کا غلام تھا۔ لیکن اس کا یہ مطلب نہیں کہ میں غلاموں کے گھر میں پیدا ہوا اور ہمیشہ سے غلام رہا۔ میرے والدین نینوا کے رہنے والے تھے۔ میں نینوا میں پیدا ہوا۔ ہم اچھے کھاتے پیتے لوگ تھے۔ لیکن دولت دھوپ چھاؤں ہے۔ اس کے آنے اور گزر جانے کا وقت معین نہیں کیا جاسکتا۔ میں نہ بتاؤں گا کہ ہم اچھے کھاتے پیتے لوگ کس طرح بگڑے اور نہ یہ بتاؤں گا کہ میں ـــــ نینوا کے ایک معزز آدمی کا جگر گوشہ، ان جاہلوں کی غلامی میں کیونکر آگیا یہ میری ہی زندگی کے واقعات ہیں اور ان سے آپ کو کوئی دلچسپی نہ ہونی چاہئے البتہ اتنا بتائے دیتا ہوں کہ میرے والدین عیسائی تھے۔ انھوں نے مجھے بچپن ہی میں مسیحیت کی تعلیم دی تھی اور کتاب مقدس میں مجھے اچھی شد بد حاصل ہوگئی تھی۔ لیکن خیر اس کے دہرانے سے بھی کیا حاصل؟ میرا عیسائی ہونا اور کتاب مقدس سے واقفیت رکھنا کوئی معنی نہیں رکھتا۔ میں ایک سچے پیغمبر کا ماننے والا ہونے کے باوجود کفر و شرک کی

لعنت میں گرفتار تھا۔ ابن مریم کو ابن اللہ مدتوں سمجھتا رہا ہیں — باکنواری ماں کی پوجا ایک دفعہ نہیں ہزار دفعہ کی میں نے۔ لیکن خیر جو کچھ ہوا سہواً ہوا خدا معاف کرے۔ مجھے تو اپنی اس بات کی تصدیق کرنا ہے کہ یہ جو کچھ ہو رہا ہے حیرت انگیز نہیں بلکہ اسے ہونا ہی چاہئے تھا۔ سرزمین طائف کو جتنی سزا ملے تھوڑی ہے۔ اس بدنصیب کی قسمت میں محمد صلی اللہ علیہ وسلم کا خون پینا لکھا تھا۔ آہ طائف! تیری تقدیر —!

بیٹی — دیکھئے تو — توبہ الٰہی" اس نے ایک شرمندہ سا کھوکھلا قہقہہ لگا کر کہا "بالکل بہک گیا ہوں۔ کہنا تھا کچھ اور — کچھ کہے چلا جا رہا ہوں۔ دراصل بوڑھا زیادہ ہو گیا ہوں۔ جذبات پر قابو نہیں رہا ہے۔ لیکن غلط کہا میں نے! مجھے جذبات پر پورا قابو ہے۔ مگر — مگر — میری آنکھوں کے سامنے ایک ایسا منظر پھر رہا ہے کہ میں دیوانہ سا ہوا جا رہا ہوں۔ میری رگوں میں خون کے بجائے بجلیاں سی لہرا رہی ہیں اور میرا جی چاہتا ہے کہ میں ابھی اسی وقت تلوار ہاتھ میں لیکر اٹھوں اور طائف کی اینٹ سے اینٹ بجا دوں"

"ہم سب آپ کے ساتھ ہیں۔ آپ کی خواہش انشاء اللہ پوری ہوگی۔ لیکن آپ کچھ کہہ رہے تھے وہ بھی تو کہئے"

"ہاں جی! وہ منظر والی بات تو پھر وہیں کی وہیں رہ گئی۔ ذرا ہم بھی تو سنیں"! ایک بدوی نے ذرا تکلف کرنے کی کوشش کرتے ہوئے کہا۔

"ربیعہ کے بیٹے برے آدمی نہ تھے۔ خدا کی قسم انھوں نے جو سلوک بھی میرے ساتھ کیا وہ برا نہ تھا لیکن قیامت یہ تھی کہ سرسبز ملک، بیٹے اور سردار ہونے کی وجہ سے وہ اپنے آپ کو دوسرے عربوں سے خدائی رحمتوں کے زیادہ قریب سمجھتے تھے

اس کے علاوہ ان کی انگور کی پیچ و بل کھاتی ہوئی بیلیں ایسی تھیں جن کی نظیر عرب میں تو کیا دوسرے ممالک میں بھی کم ملتی ہے۔ ان سب باتوں نے مل ملا کر انھیں بیحد مغرور کر دیا تھا اور وہ کسی دوسرے کو اپنے سے بڑا سمجھنا نہیں چاہتے تھے۔ ان کی سب سے بڑی کمزوری یہی تھی اور اسی کمزوری نے انھیں ہلاک کر دیا۔

کئی دنوں سے عقبہ اور شیبہ کسی جادوگر کا ذکر کر کر کے آپس میں ہنسا کرتے تھے۔ ان کی شان میں ایسے ایسے گستاخانہ کلمات کہے جاتے کہ میرے رونگٹے کھڑے ہو جاتے۔ اس کا مطلب یہ نہیں کہ میں ان کو پہلے سے جانتا تھا یا اس ذات ستودہ صفات کی زیارت کی سعادت حاصل کر چکا تھا۔ نہیں میں نے ابھی تک انھیں دیکھا بھی نہ تھا لیکن چرچا مدتوں سے سنتا آیا تھا۔ اکثر بازاروں میں ذکر ہوا کرتا۔ لوگ کہا کرتے تھے کہ مکہ میں ایک جادوگر پیدا ہوا ہے۔ جس کا جادو تمام زبردست اور ایسا سریع ہے کہ اس سے کوئی نہیں بچ سکتا۔ ان باتوں سے میرے دل میں ایک چھوٹی سی خواہش ضرور پیدا ہو جاتی اور میں سوچنے لگتا کہ اگر میں بھی انھیں ایک دفعہ دیکھ لیتا تو کیا ہی اچھا ہوتا۔ لیکن گھر کی مصروفیات کچھ اس قسم کی تھیں کہ کوشش کے باوجود مجھے طائف سے باہر جانے کا موقع نہ ملا۔

ایک دن میں نے سنا کہ بنو ہاشم کا وہی جادوگر آسمان مکہ سے اتر کر طائف کی سرزمین میں آیا ہے۔ عقبہ اور شیبہ نے ان کا ذکر جس انداز سے کیا تھا وہ انتہائی دل دوز تھا۔ بات بات پر فحش گوئی بکی جاتی تھی اور تمسخر کیا جاتا تھا۔ اس لئے مجھے سخت کوفت ہوتی تھی۔ میں اکثر سوچتا تھا کہ خواہ کچھ ہی کیوں نہ ہو اتنی مغلظات بکنا انسان کی شان کے خلاف ہے۔ اور اکثر میں چاہتا تھا کہ اپنے خیالات کا اظہار بھی کر دوں

اوران دونوں بھائیوں کو متنبہ بھی کردوں۔ لیکن پھر غلام تھا۔ دل ہی دل میں پیچ وتاب کھا کے رہ جاتا تھا۔

لیکن جیسا کہ میں نے ابھی ابھی کہا میرے دل میں اس عجیب وغریب ہستی کے دیدار سے فیض پانے کی کریدسی لگی رہتی۔ اس لئے جب کبھی میں بازار جاتا تو لوگوں سے طرح طرح کے سوال کرکے ان سے پوچھا کرتا۔ ایک دن ایک کنجڑے نے وحشیانہ قہقہہ مار کر کہا۔

"یہ طائف ہے۔ یہاں ابن عبداللہ کا جادو نہ چل سکے گا۔"

میں نے پوچھا کیوں؟" تو وہ بولا اسی لئے کہ اس خطے کا نام طائف ہے۔ اور یہاں عبدیالیل، مسعود اور حبیب کی سرداری ہے۔ یہاں دال نہ گلے گی۔"

میرا تجسس اور تیز ہوگیا اور میں نے دبی ہوئی آواز میں پوچھا۔

"لیکن آخر کیوں؟ بات کیا ہوئی؟"

"ابن عبداللہ پہلے ان سرداران طائف ہی کے پاس تشریف لے گئے تھے، ان کا خیال تھا کہ ان کی میٹھی میٹھی باتیں اور پرکیف شعر ان لوگوں پر وہی جادو ڈال دینگے جو مکہ کے اکثر لوگوں پر ڈال چکے ہیں۔ لیکن انھوں نے ایسا منہ توڑ جواب دیا کہ میاں کو چپکے سے راہ پکڑنے کے سوا کوئی چارہ نظر نہ آیا۔"

اُف! مجھے غصہ آگیا تھا اس کنجڑے پر۔ میرا جی چاہتا تھا کہ اس کے منہ پر اس زور کا تھپڑ لگاؤں کہ اس کی بتیسی جھڑ جائے لیکن پھر میں نے صبر کیا اور غصے کو دبا کر دھیمی آواز میں پوچھا۔

"کیا کہا ---؟ یہ بھی تو بتاؤ۔"

"تم بھی نرے بدھو ہی ہو" کنجڑے نے حیران ہو کر کہا۔ "تمھیں ابھی تک معلوم نہیں۔ یہ بات تو اتنی مشہور ہو چکی ہے کہ طائف کا بچہ بچہ اسے جانتا ہے۔"

"لیکن میں نہیں جانتا" میں نے ذرا ترشروئی سے کہا۔

"کمال ہے۔ ارے بھئی ان میں ایک نے ایک نے کہا "میں کعبہ کے سامنے داڑھی منڈوا دوں اگر اللہ نے تجھے رسول بنایا ہو تو" دوسرے نے کہا اور دیکھو کیسی معقول بات کی ہے۔ واہ واہ "کیا خدا کو تیرے سوا اور کوئی بھی رسول بنانے کو نہ ملا تھا۔ تجھے تو سواری بھی میسر نہیں۔ اگر رسول بنانا ہی تھا تو کسی حاکم یا سردار کو بنایا ہوتا" اور تیسرے نے تو کمال کر دیا ایسا منہ توڑ جواب دیا ہے کہ اد نہ ہو — کہا "میں تجھ سے بات ہی نہیں کرنے کا کیونکہ اگر تو جیسا کہتا ہے واقعی خدا کا رسول ہی ہے تب تو یہ بڑی خطرناک بات ہے کہ میں تیرے کلام کو رد کروں اور اگر تو خدا پر جھوٹ بولتا ہے تو یہ میری شان کے خلاف ہے کہ تجھ سے کلام بھی کیا جائے" کیوں دوست عداس! کیسی سچی بات کہی۔ مکے والوں کو تو عقل ہی نہیں تھی جواب دینے کی۔"

اور وہ بدنصیب اس زور سے ہنسا کہ زمین تھرا اٹھی گویا کنجڑے کی زبان سے شیطان نے قہقہہ لگایا تھا۔ لیکن ایک بات میرے دل میں رہ رہ کر کھٹکنے لگی۔۔ اور میں نے پھر ایک دفعہ اس سے پوچھا۔

"وہ اپنے آپ کو پیغمبر کہتے ہیں؟"

کنجڑا پھر ہنسا۔ گویا میں نے بڑے تمسخر کی بات کہدی ہے اور بولا — "ہاں یہی تو لطف ہے۔ وہ جناب فرماتے ہیں کہ خدا میرے ساتھ باتیں کرتا ہے۔ مجھ پر وحی بھیجتا ہے۔ کوئی شعر لکھتے ہیں یا نہ معلوم وہ کیا ہے اور دعویٰ یہ کرتے ہیں کہ یہ

میرا نہیں خدا کا کلام ہے" اور معًا میری آنکھوں پر سے گویا پردے اُٹھ گئے۔ میرے دل سے کسی دوسری آواز نے پکار کر کہا "عداس! کیا تو نے ابھی تک نہیں پہچانا؟" اور میں نے کہا۔ "میں نے پہچان لیا"۔ مجھے یوحنا نبی کی وہ مقدس پیشگوئی یاد آگئی جس میں انھوں نے فرمایا ہے"۔ اور یوحنا کی گواہی یہ ہے کہ جب یہودیوں نے یروشلم سے کاہن لیوی یہ پوچھنے کے لئے بھیجے کہ تو کون ہے تو اس نے اقرار کیا اور انکار نہ کیا بلکہ اقرار کیا کہ میں تو مسیح نہیں ہوں۔ انھوں نے اس سے پوچھا، پھر کون ہے۔ کیا تو "ایلیاہ" ہے؟ اس نے کہا میں نہیں ہوں۔ کیا تو وہ نبی ہے؟ جواب دیا کہ نہیں ــــ" یہ پیشین گوئی یاد آتے ہی میرے رونگٹے سے کھڑے ہوگئے۔ الیاس آچکے تھے۔ یسوع ظہور فرما چکے تھے۔ اب تیسرا "وہ نبی" آنے کو تھا۔ "وہ نبی" ــــ کیا بنو ہاشم کا وہ زبردست جادوگر "وہ نبی" نہیں اور میں نے پلٹ کر کنجڑے کی طرف دیکھا۔

"ان کے ماننے والوں میں سے کسی سے ملنے کا اتفاق ہوا ہے تمھیں؟"

"آں ــــ!" کنجڑے نے حیرت سے میرا مُنہ تکتے ہوئے کہا۔ "ماننے والوں سے؟ مجھے کیا لینا ہے ان ۔۔۔۔۔"

وہ کچھ کہنا چاہتا تھا کہ میں نے ٹوک دیا۔

"خیر ــــ!" میں نے کہا۔ "شاید ملا ہو" اور جانے کو پلٹا ہی تھا کہ کنجڑے نے آواز دی۔ "عداس!۔ ارے یہ چیزیں تو لے جاؤ۔ بیہوش ہوگئے ہو تم تو"

مجھے اس وقت معلوم ہوا کہ میں آپے میں نہیں ہوں۔ میں سب کچھ بھول چکا تھا۔ میں نے مڑ کر چیزیں اٹھائیں۔ کنجڑے کی صورت دیکھ کر مجھے ایک اور بات یاد آگئی

اور میں نے جھجکتے جھجکتے پوچھا۔ "تو کیا وہ اکیلے ہی تشریف لائے ہیں؟"

"تشریف!" کنجڑے نے میری طرف حیرت سے دیکھا اور ہنس کر بولا۔ "جی نہیں ـــــ اکیلے نہیں، ان کے ساتھ ایک اور شخص بھی ہے۔"

"وہ آیا تھا تمھارے پاس؟"

"ہاں آج صبح ـــــ کچھ عجیب سا معلوم ہوتا ہے۔"

"وہ جب ان کا ذکر کرتا ہے تو کیا کہتا ہے؟"

"وہ!" کنجڑے نے سوچتے ہوئے کہا۔ "مجھے کچھ ٹھیک سے یاد نہیں، میں نے کچھ دھیان نہیں دیا۔ اس کی باتوں پر۔ شاید آنحضرت ـــــ ہاں شاید آنحضرت کہہ کر یاد کرتا ہے۔"

اور میرا سارا شعور چونک کر بیدار ہو گیا۔ آنحضرت ـــــ وہ نبی ـــــ سچے یوحنا! تیری ہر بات تو پوری ہو رہی ہے ـــــ لوگ تجھے کیوں نہیں سمجھتے؟

اب یہ سب کچھ جان جانے کے باوجود اگر میرے دل میں "آنحضرت" کے دیدار سے فیضیاب ہونے کی خواہش نہ ہوتی تو مجھ پر حیف تھا۔ میرا دل بیتاب سا ہو گیا اور میرا ضمیر پکار پکار کر مجھے کہنے لگا۔ عداس! جس غلامی کو تو لعنت سمجھتا تھا۔ وہ لعنت نہیں تھی۔ قضا و قدر نے تجھے سیدھے اور سچے راستہ پر ڈالنا تھا، تو خوش نصیب ہے عداس! کہ تو اس زمانے میں پیدا ہوا جب نبی آخر الزماں کو مبعوث ہونا تھا۔ اور تیری قسمت میں لکھا تھا کہ تو اس ہستی کو اپنی آنکھوں سے دیکھے جس کا دیدار کرنے کے لئے تیرے آبا و اجداد بے چین رہے۔ کیا اب بھی تو اُسے نہ دیکھے گا؟

اور میرے عزیزو! میں نے "وہ نبی" کے دیدار سے اپنے دل کی پیاس بجھانے کا عزم بالجزم کرلیا- ارادہ تھا کہ تمام چیزیں گھر میں رکھ کر کسی بہانے سے پھر نکلوں گا اور سارے طائف کو چھان ماروں گا- کبھی نہ کبھی — کسی نہ کسی وقت مجھے یقین تھا میری سعی مشکور ہوگی-

اس لئے میں بازار سے سیدھا گھر گیا- اور جلدی جلدی کام ختم کرنے لگا لیکن غلامی کے دھندے اتنے تھے کہ میں جتنی جلدی کرتا اتنی ہی دیر ہوتی گئی- صبح سے دوپہر ہو گئی اور دوپہر کے بعد سورج ڈھلتے ڈھلتے عصر کا وقت آگیا- ابھی تک مجھے فرصت نہ ہوئی تھی- نہ ہی کوئی بہانہ ملا تھا- میں ابھی تک انگور کے باغ کی گوڑائی کر رہا تھا-

یکایک باہر سے بے شمار آوازیں سنائی دینے لگیں- اتنا شور، اتنا غوغا کہ کان پڑی آواز سنائی نہ دیتی تھی- میں محض تجسس کے زیر اثر اُٹھ کر دروازے تک گیا- اور میں نے دیکھا طائف کے بچے ہاتھوں میں پتھر لئے ایک شخص کے پیچھے بھاگ رہے ہیں- ان وحشی بچوں کو اُکسانے والے عبد یالیل، مسعود اور حبیب تینوں بھائی ان کے ساتھ تھے اور چلا چلا کر کہہ رہے تھے" شاباش! — مارو پتھر! — جان سے مار دو- جو ہوگا دیکھا جائے گا!" بازار کے اوباش لڑکے کھڑے ہنس رہے تھے- گالیاں بک رہے تھے- تالیاں پیٹ رہے تھے- شور مچا رہے تھے- اور وہ شخص ان وحشیوں کے گروہ میں گھرا تھا- اس پر چاروں طرف سے پتھر برس رہے تھے ان پتھروں کو روکتے روکتے اس کے ہاتھ زخمی ہو گئے تھے- اس مبارک پیشانی سے جس کی ہر سلوٹ میں دنیوی اور روحانی جلال کے خزینے پوشیدہ تھے خون کے فوارے

اُبل رہے تھے۔ وہ مبارک قدم جو عرش کی زینت تھے لہولہان ہو رہے تھے۔ وہ کالی کملی جس میں عالم انسان کے لئے ایک خلق مجسم، ایک رحمت مکمل، ایک ہدایت جمیل لپٹی ہوئی تھی تار تار ہو گئی تھی۔

میں کھڑا دیکھتا رہا۔۔۔ مجھے ایسا محسوس ہوتا تھا کہ میرے شعور پر ایک نیند سی چھا گئی ہے۔ ایک سکر ہے جس نے میری ساری قوت عمل کو سلب کر لیا ہے۔ میں اسی نیند کی حالت میں کھڑا تکتا رہا۔۔۔ اب جب کبھی وہ واقعہ میں یاد کرتا ہوں، تو مجھے ایسا محسوس ہوتا ہے کہ میں نے ایک بھیانک خواب دیکھا تھا۔۔۔ ایک خوفناک خواب۔ جو خواب ہونے کے باوجود اپنی پوری جزئیات کے ساتھ میرے قلب و دماغ پر مرتسم ہو چکا ہے۔ میں اب بھی آنکھیں بند کر کے دیکھ سکتا ہوں۔۔۔ ایک نور مجسم تاریکی کے شیطانوں میں گھرا کھڑا ہے۔ یہ شیطان اس نور کو بجھا دینے کی ہر ممکن کوشش کر رہے ہیں۔ پتھروں کی بے پناہ یورش سے وہ گھبرا گیا۔ لڑکھڑاتا ہوا دیوار کی طرف بڑھا اور دیوار سے ٹیک لگا کر کھڑا ہو گیا۔ اللہ اکبر! کیا منظر تھا وہ ہستی جس کا سہارا زمین و آسمان لے۔ وہ مبارک قدم جنھیں اپنی پیشانی پر رکھنے کے لئے عرش اعظم بیقرار ہو، ایک دشمن کی دیوار کا سہارا لینے پر مجبور ہو جائے۔۔۔ سخی کا ہاتھ بھوکے کی طرف شہد میں چپڑی ہوئی روٹیاں لئے بڑھا لیکن بھوکے دیوانے نے روٹی لینے کے بجائے اس کی انگلیاں کاٹ لیں۔۔۔ دیوانے بھوکے کو کون سمجھائے کہ تیری روح بھوکی ہے لیکن تیرا جسم اس بھوک کو نہیں سمجھ سکتا تو اپنے جسم کی قوتوں سے اپنی روح کو مسل رہا ہے۔

لیکن ان بیہودہ وحشیوں نے تب بھی رحم نہ کیا۔ وہ پتھر برساتے رہے گالیاں

بکتے رہے۔ تالیاں پیٹتے رہے۔ اتنا شور مچایا ان تاریک جنگلیوں نے کہ خدا کا سچا نبی مجبور ہو کر دیوار کے سہارے لڑکھڑاتا ہوا ہمارے دروازے کی طرف بڑھا ـــــ آہ! میں ـ ـ ـ یہ اروان رواں ان قدموں سے لپٹ جانے کو بیقرار ہو رہا تھا۔ میرے دل کا ایک ایک ذرہ اس ہادئی برحق پر نچھاور ہو جانے کے لئے بیتاب تھا۔ لیکن نہ معلوم کیوں؟ ـــــ نہ معلوم کس لئے میں گھبرا کر مڑا اور اندر چلا آیا۔ میرا دل زور زور سے دھڑک رہا تھا۔ مقدس مسافر کی صورت نے نہ معلوم میرے دل پر کیا اثر کیا تھا کہ میں اس کے قریب جانا چاہتا تھا لیکن نہ جا سکا۔ اف! میری کمزوری!

اور پھر دفعتہً میری حیران آنکھوں نے دیکھا۔ ہمارے دروازے پر اس آفتاب رسالت نے طلوع کیا۔ فرق مبارک سے خون بہ رہا تھا۔ ہونٹ جگہ جگہ سے زخمی ہو گئے تھے۔ کپڑے تار تار ہو گئے تھے۔ وہ لڑکھڑاتے ہوئے اندر آئے ـــ اور نقاہت کی شدت سے زمین پر گر پڑے۔ میں لپک کر انگور کی ٹیٹوں کے پیچھے چھپ گیا۔ اور دیکھنے لگا۔ سرور دو عالم کے خون میں لتھڑے ہوئے ہاتھ اُٹھے زخمی ہونٹ کھلے ـــ ہلکے ہلکے ہلے اور ایک نحیف سی لرزتی ہوئی آواز سنائی دی۔

"الٰہی! اپنی کمزوری بے سروسامانی اور لوگوں کی تحقیر کی بابت تیرے سامنے فریاد کرتا ہوں۔ تو سب رحم کرنے والوں سے زیادہ رحم کرنے والا ہے۔ واماندہ عاجزوں کا مالک تو ہی ہے۔ مجھے کس کے سپرد کیا جاتا ہے؟ کیا بیگانہ ترشرو کے۔ یا اس دشمن کے جو کام پر قابو رکھتا ہے لیکن جب مجھ پر

تیرا غضب نہیں تو مجھے اس کی کچھ پروا نہیں۔کیونکہ تیری عافیت میرے لئے زیادہ وسیع ہے۔میں تیری ذات کے نور سے پناہ چاہتا ہوں جس سے سب تاریکیاں روشن ہو جاتی ہیں۔اور دنیا و دین کے کام اس سے ٹھیک ہو جاتے ہیں کہ تیرا غضب مجھ پر اترے یا تیری نارضامندی مجھ پر وارد ہو جائے۔ مجھے تیری ہی رضامندی اور خوشی درکار ہے۔ اور نیکی کرنے یا بدی سے بچنے کی طاقت مجھے تیری ہی طرف سے ملتی ہے۔"

یہ الفاظ نہ تھے۔اس مرد توانگر کی ساری زندگی تھی جس کو اس نے دہرایا پہلے بھی بہت سے پیغمبر آئے۔ نبی اترے۔ان کی قوم نے ان پر شدائد کے پہاڑ اُلٹ دیئے۔لیکن ان میں سے کوئی بھی اپنی قوم کو بد دعا دینے سے احتراز نہ کر سکا لیکن خدا کا برگزیدہ محمدؐ تھا جس کے جسم کے روئیں روئیں سے خون نکل رہا تھا۔جس کی نقاہت اس کا اپنا جسم اٹھانے کے قابل نہ تھی اور بایں ہمہ اس کی زبان سے دعا نکلتی ہے۔بد دعا نہیں!

میں نے یہ سنا اور کانپ اٹھا۔کیا اب بھی کوئی وحشی یہ کہنے کی جرأت کر سکتا تھا کہ محمدؐ سچا نہیں؟ اگر وہ سچے نہیں تو انھیں کیا ضرورت تھی اتنی تکلیفیں اُٹھانے کی؟ اگر فی الواقعہ خدائے برتر و اعلیٰ ان سے کلام نہیں فرماتا تھا تو پھر کیا وجہ تھی کہ خواہ مخواہ ایک وحشی قوم کی طوفانی مخالفت کو اپنے سر لیں۔کوئی وجہ نہ تھی!

میرے دل نے پکار کر کہا۔وہ سچے ہیں، ان ایسا سچا کوئی پیدا نہیں ہوا۔

اب میں بالکل تیار تھا۔دیر صرف اتنی تھی کہ میں انگور کی آڑ سے نکلوں اور قدموں پر گر پڑوں کہ دفعتاً میں نے دیکھا کہ میرے دونوں آقا دور کھڑے

دیکھ رہے تھے۔ عقبہ بھی تھا اور شیبہ بھی۔ ان کے سامنے میں کچھ نہ کر سکا۔ میرے ارادے، میری قوتیں شل ہو کے رہ گئیں اور میں نے کیا بھی تو یہ کہ چپکے چپکے دبا دبا کر قدم رکھتا ہوا دوسری طرف سے نکل گیا۔ غلامانہ ذہنیت اپنے ضمیر کو کچل دینے کی کتنی طاقت رکھتی ہے۔ یہ میں نے اسی دن جانا تھا۔

عقبہ نے مجھے دیکھ لیا اور پکار کر بولا۔

"عداس! ادھر آؤ۔"

اور مجھے ایسا معلوم ہوا کہ میرے سر پر بجلی گر پڑی ہے۔ میں نے سوچا کہ انہوں نے کسی غیر فطری طریقے سے میرا مافی الضمیر سمجھ لیا ہے اور اب میری خیر نہیں۔ اس لئے میں ڈرتا کانپتا ان کی طرف چلا۔ اور سامنے جا کر سر جھکائے کھڑا ہو گیا۔

"ایک طشت میں کچھ تازہ انگور لے جا کر اس مسافر کو دے آؤ۔ اس نے ہماری پناہ لی ہے۔"

میرا دل خوشی سے ناچنے لگا۔ "یہ موقع! یہ موقع!"

میں نے جلدی جلدی خوب پکے پکے انگور لئے۔ انہیں دھو کر صاف اور ٹھنڈا کیا اور ایک طشت میں رکھ کر شاہ کون و مکاں کی خدمت میں نذر کرنے کیلئے بڑھا۔

میرے عزیزو! اس وقت میرا کیا حال تھا۔ میں نہیں جانتا۔ مجھے ایسا محسوس ہو رہا تھا کہ میں تاروں کی بستی میں جا رہا ہوں۔ نہیں، اس سے بھی ماورئی۔ اس انتہائی بُعد کی طرف پرواز کر رہا ہوں جہاں ستاروں کے ذرے اُڑ اُڑ کر دامن کو چھونا چاہتے ہیں لیکن نہیں چھو سکتے۔ جہاں سورج ایک دُھندلا سا نقطہ بن کر رہ جاتا ہے دور۔۔۔ بلند۔۔۔ اور بلند، اتنا بلند جہاں تخیل کے بھی پر جلتے ہیں۔

میں بلندی کی طرف جانے والے اس راستے پر چلتا گیا ـــ چلتا گیا ـــ میرے قدم تیز ہوتے گئے ــــ اور تیز ـــ یہاں تک کہ میں نے دیکھا کہ وہ لیٹے تھے ۔شاہ عرب وعجم ایک پھٹی ہوئی کملی میں لپیٹے پڑے تھے ۔ان کی پیشانی سے خون بہکر باغ کی زمین میں جذب ہو رہا تھا ـــ ـــ میرے ہاتھ میں انگوروں سے بھری ہوئی طشتری تھی ۔میرا دل نور سے معمور ہو رہا تھا ۔اور میں دوزانو ہو کر اس ذات ستودہ صفات کے قریب بیٹھ گیا میں بہت کچھ کہنا چاہتا تھا لیکن میرے ہونٹ ہلنے کا نام نہ لیتے تھے ۔

البتہ میں محسوس کر رہا تھا کہ میرا دل اپنے تمام جذبات کو ساتھ لئے سمٹ کر میری آنکھوں میں آ گیا ہے ۔میں نے دل کی آنکھوں سے سرور دو عالم کو دیکھا ۔خون کی چھوٹی چھوٹی دھاریں رحمت کی دھاریں معلوم ہوئیں ۔آنکھوں میں چھلکتے ہوئے آنسو درد و اذیت کے آنسو نہ تھے ۔ بلکہ قوم کی بدمذاقی اور ناسمجھی پر اظہار تاسف کر رہے تھے میں نے چپکے سے انگوروں کا طشت سامنے رکھ دیا ۔

سرور دو عالم نے میری طرف دیکھا ـــ آہ وہ نظریں! کتنا جلال تھا ان آنکھوں میں نور کا کتنا عظیم سیلاب تھا ان خون میں گھری ہوئی آنکھوں میں ۔ مجھے ایسا محسوس ہوا کہ ان آنکھوں نے میرے دل کو نور سے اس طرح معمور کر دیا ہے جس طرح آدھی رات کے بادلوں کی اوٹ میں چھپا ہوا چاند یکایک نکل آئے اور ذروں پر مچلتی ہوئی تاریکیاں ایک دم فنا کے گھاٹ اتر جائیں ۔

ان زخمی ہونٹوں پر ایک خفیف سی مسکراہٹ تھرآئی ۔وہ اٹھ کر بیٹھ گئے اور خون میں تر بتر کانپتے ہوئے ہاتھوں سے انگوروں کو چھوا اور ان ہونٹھوں نے آہستہ سے کہا بسم اللہ!"

میں اس نور مجسم کی طرف تکتا رہا ـــ گم سم ـــ مجھے اپنا ہوش نہ تھا ۔

چند لمحوں کے بعد میں نے محض بات چھیڑنے کی غرض سے کہا "یہ کلام ایسا ہے جو یہاں کے باشندے نہیں بولا کرتے۔"

ہادیِ عالم نے میری طرف مسکرا کر دیکھا اور پوچھا "تم کہاں کے رہنے والے ہو اور تمھارا مذہب کون سا ہے؟"

میں نے بصد ادب عرض کی "میں عیسیٰ روح اللہ کا پیرو اور نینوا کا باشندہ ہوں۔"

نبی نے ارشاد کیا "اچھا تو تم مردِ صالح یونس بن متی کے شہر کے باشندے ہو؟"

اس سے بڑھ کر سرورِ دو عالم کی سچائی کا اور کیا ثبوت ہو سکتا تھا۔ ہر وہ راز جن کو ایک نبی کے سوا اور کوئی نہیں جان سکتا آپ پر روشن تھے۔ لیکن میں نے محض تجسس کی بنا پر پوچھا "آپ کو کیا خبر ہے یونس بن متی کون تھا اور کیسا تھا؟"

اور معلوم ہے ابرِ کرم نے کیا جواب دیا ہے۔ انھوں نے فرمایا۔

"وہ میرا بھائی ہے —— وہ بھی نبی تھا، میں بھی نبی ہوں۔"

اب مجھ میں صبر کی تاب نہ رہی۔ کسی غیر مرئی ہاتھ نے میرا سر پکڑ کر جھکا دیا —— میں جھک گیا۔ اور جھکا —— یہاں تک کہ میرے ہونٹ ان پاک بالوں کو چومنے لگے —— اس مقدس پیشانی پر بوسوں کی بارش کرنے لگے —— ان ہاتھوں پر جھک پڑے —— ان قدموں پر لوٹ گئے جو اس کے تھے جو ساری دنیا کا واحد ذریعہ نجات تھا۔ لیکن جن پر تیرہ بخت طائف کے بدنصیب لوگوں نے اپنی شقاوت قلب کی خونیں مہریں ثبت کر رکھی تھیں —— جہاں طائف کی مہمان نوازیوں کے ثبوت آتشیں حروف میں کندہ ہو گئے تھے۔"

جادۂ نو

"میں امیرالمومنین ہوں، یہ خدا کی دین ہے۔ اور میں اس ذوالجلال کا شکریہ ادا نہیں کرسکتا جس نے مجھ ایسے انسان کو یہ موقع دیا کہ میں ملت بیضا کی خدمت میں اپنی عمر بسر کرسکوں۔ میں نے اپنی جان پر بہت ظلم کئے ہیں، لیکن میں مسلمان ہوں، نمازیں پڑھتا ہوں اور روزے رکھتا ہوں۔ اس لئے میرے دل میں قدرتی طور پر یہ امید پیدا ہو جاتی ہے کہ اللہ تعالے مجھے اپنے دامن رحمت میں جگہ عطا فرمائے گا اور کبھی حضرت خاتم النبیینؐ کا پابوس ہونے کی حیثیت سے معافی کا حقدار ٹھہرایا جاؤں گا۔

لیکن اس کے باوجود مجھے مواخذے سے بہت ڈر لگتا ہے۔ میں چاہتا ہوں کہ جس طرح ممکن ہو سکے قیامت کے دن مجھ سے میرے اعمال کا حساب نہ لیا جائے اور محض خادم دین متین ہونے کی حیثیت سے میرے گناہوں اور میری لغزشوں پر پردہ ڈال دیا جائے۔ اگر مجھ سے میری ابتدائی زندگی کے متعلق مواخذہ ہوا تو میں کیا جواب دونگا، اس خیال کے آتے ہی میرا رواں رواں کانپ اٹھتا ہے کاش میں اس بھیانک ماضی کو بھول سکتا۔

اللہ اکبر! ایک وہ زمانہ تھا کہ میں نمدہ کا کرتہ پہنے ہوئے مکہ معظمہ کے قریب

قادسیہ سے دس میل کے فاصلے پر ضجنان کے تپتے ہوئے میدان میں اونٹ چرایا کرتا تھا۔ اور جب کبھی تھک کر بیٹھ جاتا تھا تو والد محترم ناراض ہوتے اور میری گوشمالی فرمایا کرتے تھے۔ آج یہ زمانہ ہے کہ خدا کے سوا میرے اوپر کوئی حاکم نہیں۔ لوگ مجھ جیسے بے خانماں کو امیر المومنین کہتے ہیں۔ اور تم نے کیا کہا کہ میرے نام سے عجمیوں کے دل میں ہوکیں اٹھنے لگتی ہیں؟ ــــــ وہ کیا جانیں کہ ابن الخطاب، خلیفۃ المسلمین، اور امیر المومنین کی حقیقت کیا ہے؟ اور اس شخص نے اپنی جان پر کیا کیا ظلم نہیں کئے۔ آج میں تمھیں سناتا ہوں۔ تم جاؤ اور اپنے ہمقوموں میں اس بات کا ڈھنڈورہ پیٹ دو کہ اونٹ چرانے والے حقیر عرب کے ہاتھوں میں عرب و عجم کی باگ ڈور دینے والا صرف اسلام تھا۔ انھیں بتا دینا کہ عمر ابن الخطاب سے ڈرنے کی کوئی وجہ نہیں البتہ اس سے ڈرو جس نے عمر ابن الخطاب کو تحت الثریٰ سے اٹھا کر منتہائے عروج پر پہنچا دیا۔

میرے عجمی بھائی! میرے والد عرب میں ایک خاص عزت کے مالک تھے۔ وجہ یہ کہ وہ بڑے پلے کے نساب تھے اس لئے سفارت اور فیصلہ منافرۃ جیسے شریف پیشے ہمارے خاندان میں موروثی تھے۔ میں نے انصاب کا فن والد بزرگوار سے سیکھا تھا۔ پہلوانی اور کشتی میں بھی خاص دسترس حاصل کرلی۔ یہاں تک کہ عکاظ کے میلے میں بڑی بڑی معرکے کی کشتیاں لڑا کرتا تھا۔ شہسواری کے فن میں بھی مہارت تامہ حاصل کی۔ اسی زمانے میں میں نے لکھنے پڑھنے کا فن بھی سیکھا اور مجھے بجا طور پر ناز ہے کہ اس زمانے میں قریش کے قبیلہ میں کل سترہ آدمی تھے جو اس فن شریفہ سے واقفیت رکھتے تھے۔ ان سترہ میں سے ایک میں بھی تھا۔ اس زمانے

میں اور اب بھی تجارت ہمارا قومی پیشہ ہے۔ مجھے بھی تجارت ہی کے پیشے سے کسب معاش کرنا تھی۔ لہذا اسی میں مشغول ہوا۔ اس پیشے کی بدولت مجھے بڑے دور دراز کے سفر کرنا پڑے۔ عرب و عجم کے بہت سے سربرآوردہ بادشاہوں سے ملاقات کرنے کا موقع ملا۔ یہ میری خوش قسمتی تھی کیونکہ اس زمانے کے بہت سے تجربات اس وقت بھی میرے آڑے آتے ہیں اور میں اس فرض کو بحسن و خوبی انجام دینے میں ان تجربات سے بہت کچھ فائدہ اُٹھاتا ہوں۔ اس زمانے میں بھی ان دور دراز سفروں نے مجھے بہت بڑے بڑے فائدے پہنچائے۔ میں ہیچمدان تھا۔ لیکن خدا کی عنایت کہ میری قوم نے میری حقیر خوبیوں کی خوب خوب داد دی اور قبائل میں جب کوئی پرخطر معاملہ پیش آتا تو مجھے ہی سفیر بنا کر بھیجا جاتا۔

یہ سب باتیں بڑی خوشنما اور خوش آئند ہیں اور ان کی یاد یقیناً بہت ہی دلفریب ہے بلکہ یوں کہیئے کہ اگر میں ان سب باتوں پر ناز کرنے لگوں تو یہ ناز بیجا نہ ہوگا لیکن ان دلفریب نقوش کے ساتھ ساتھ ایک ایسی گھناؤنی یاد بھی موجود ہے جو میرے ضمیر پر تیزاب چھڑک دیتی ہے اور جب کبھی وہ یاد تازہ ہو جاتی ہے تو میرا رواں رواں خوف کی شدت سے لرز اٹھتا ہے۔ میں بیتاب ہو جاتا ہوں۔ میرا سر سجدے میں جھک جاتا ہے اور میری آنکھیں رونے پر مجبور ہو جاتی ہیں۔ میں دعا کرتا ہوں کہ الٰہی قیامت کے دن ان دنوں کا مواخذہ نہ کیجیو ورنہ میں کہیں کا نہ رہوں گا۔

اور میرے عزیز مہمان! یہ یاد اس زمانے کی ہے جب ہم جہالت کی گھٹا ٹوپ تاریکیوں میں گھرے ہوئے تھے۔ ہماری روحیں روشنی کے لئے بیتاب تھیں۔ ہم سب بیقرار تھے اس دن کے لئے جب کوئی شمع لیکر آئے اور ہمیں ان تاریکیوں میں سے

نکالے لیکن جب اس نور نے ظہور فرمایا تو ہماری آنکھیں چندھیا گئیں۔ہم گھبرا گھبرا کر اپنے ہاتھوں سے اپنی آنکھیں ڈھانپنے لگے تاکہ اس نور کا اثر قبول نہ کرلیں۔آہ وہ سیلاب نور جس کو زید کی آنکھوں نے افق پر سے پھوٹتا ہوا دیکھ لیا تھا ہماری بدبختیوں کو خوش نصیبی میں بدلنے کے لیئے ہماری طرف بڑھا لیکن ہماری بے بصر آنکھوں نے اسے طوفان آتش سمجھا اور ہم دیوانہ وار اُسے بجھانے کیلئے لپکے۔

یہ سیلاب نور رحمتہ للعالمین کے جسد مبارک میں صورت پذیر ہو کر فاران کی چوٹیوں پر چمکا یہی نور تھا جس کی منادی یوحنا نے پہلے ہی سے کردی تھی کہ ـــــ "پھر میں نے آسمان کو کھلا ہوا دیکھا اور دیکھا کہ ایک نقرئی گھوڑا اور اس کا سوار امانتدار اور سچا کہلاتا ہے اور وہ راستی سے عدالت کرتا ہے اور لڑتا ہے۔اور اس کی آنکھیں آگ کے شعلہ کی مانند اور اس کے سر پر بہت سے تاج اور اس کا ایک نام لکھا ہوا جسے اس کے سوا اور کسی نے نہیں جانا اور خون میں ڈوبا ہوا لباس وہ پہنے تھا، اور اس کا نام کلام خدا ہے۔اور وہ فوجیں جو آسمان میں ہیں صاف اور سفید کتانی لباس پہنے ہوئے نقرئی گھوڑوں پر سوار اس کے پیچھے ہولیں اور اس کے مُنہ سے ایک تیز تلوار نکلتی ہے کہ وہ اس سے قوموں کو مارے اور وہ لوہے کے عصا سے ان پر حکمرانی کرے گا۔اور وہ خود قادر مطلق خدا کے قہر و غضب کے کولھو میں روندتا ہے۔اور اس کے لباس اور اس کی ران پر یہ نام لکھا ہے "بادشاہوں کا بادشاہ اور خداوندوں کا خداوند" لیکن میرے دوست اس منادی اور خبر کے باوجود ہم لوگ اُسے نہ پہچان سکے۔ہم نے یہی سمجھا کہ عبد المطلب کا پوتا اور عبداللہ کا بیٹا آمنہ کی گود کا لال ایک عرب ہے اور بس ـــــ ایک ان پڑھ آدمی ہے جو پہاڑیوں

کے اس طرف رہنے والے کسی رحمٰن نامی شخص کا معتقد ہے اور اسی کی باتیں سُنا سُنا کر ہمیں اپنے آبا و اجداد کے خداؤں کے خلاف کرنے کی سازش کر رہا ہے۔ ہم سب بڑے عقلمند تھے۔ ہم میں ایسے فصیح مقرر اور شاعر موجود تھے جن کے ہونٹوں سے پھول جھڑتے تھے۔ ہم میں ایسے ایسے تیر انداز تھے جن کے تیر موت کا بھی جگر چھید ڈالیں۔ ہماری عقلمندی نے ہمیں یہ بات سکھا رکھی تھی کہ خدا کے حکم سے کوئی انسان انسانوں کو سکھانے اور سیدھی راہ بتانے کے لئے نہیں آ سکتا۔ یہ کام تو جنّوں اور فرشتوں کا ہے جو خدا کے بیٹے اور بیٹیاں ہیں۔ ہمارے فلک پیما فلسفے نے ہمیں یہ خوب اچھی طرح سے بتا دیا تھا کہ اعمال کی جزا و سزا بالکل قابل تمسخر ہے۔ موت کے بعد اعمال کی جوابدہی کا مطلب کیا ہو سکتا ہے؟ ہمارے مغرور دماغوں میں یہ ہوا سمائی ہوئی تھی کہ ہمارے خاندان اور ہمارے بزرگوں کی شرافت اپنی مثال آپ ہے، ایک امیر قبیلہ اور ایک سردار قوم کو بھلا ایک حقیر بدوی اور دو ٹکے کے غلام سے کیا سروکار ہو سکتا ہے؟ ہم سب بت پرستی پر قانع تھے۔ کبھی کبھار اگر ضرورت پڑتی تو پتھروں کے سامنے ناک گھسنی کر آتے اور سمجھتے کہ روحانیت کے تمام فرائض سے سبکدوش ہو گئے ہیں۔ اس لئے جب بنو ہاشم کے ایک فرد کی زبان سے ہم نے عجیب و غریب قسم کے پیغامات سُنے تو بھنّا گئے۔ وہ کہتا تھا "موت تمھارے سر پر آ رہی ہے اور تم کو خدا کے سامنے حاضر ہو کر اپنے اعمال کے لئے جوابدہ ہونا ہے۔" وہ کہتا تھا۔ "اللہ ایک ہے۔ دوسرا معبود کوئی نہیں۔ بتوں۔ پتھروں اور درختوں میں تو اتنی ہمت نہیں کہ وہ ایک انچ جنبش بھی کر سکیں۔ یا اپنی ناک پر بیٹھی ہوئی مکھی بھی اڑا سکیں۔" وہ کہتا تھا۔ "تمھاری بیٹیاں تمھاری آنے والی نسلوں

کی مائیں ہیں۔ اور انہیں قتل کر دینا اپنی آئندہ نسلوں کا گلا گھونٹ دینا ہے"۔ وہ فرمایا کرتے تھے: "لوگو! جسم کو نجاست سے۔ کپڑوں کو میل کچیل سے۔ زبان کو گندی باتوں سے۔ دل کو جھوٹے اعتقادوں سے پاک وصاف کر دو۔ وعدہ اور اقرار کی سختی سے پابندی کرو کیونکہ قوم کی عزت نفس اسی سے ہے۔ لین دین میں کسی سے دغا نہ کرو۔ خدا کی ذات کو نقص سے، عیب سے اور ہر آلودگی سے پاک سمجھو اس بات کا پختہ اعتقاد رکھو کہ زمین آسمان، چاند، سورج چھوٹے بڑے سب کے سب خدا کے پیدا کئے ہوئے ہیں۔ سب اسی کے محتاج ہیں۔ دعا کا قبول کرنا، بیمار کو صحت و تندرستی دینا، لات و ہبل کے نہیں بلکہ اس خدا کے قبضے میں ہے جس نے لات و ہبل کی صورت بنانے کے لئے پتھر بنائے۔ فرشتے اور نبی بھی اس کے تابع ہیں۔ وہ بھی اس کے حکم کے بغیر کچھ نہیں کر سکتے"۔

یہ تھے وہ پیغامات جو میدان عکاظ میں گونجے۔ جنہوں نے صفا و مروہ کی جھلسی ہوئی چٹانوں پر شہد کے قطرے ٹپکائے۔ یہ تھا وہ کلام جس نے مکہ کے رہنے والوں کو سر سے پاؤں تک غصہ اور نفرت میں بدل دیا۔ ہم نے اپنے ارد گرد عقل و دانش، فلسفہ اور منطق اور شعر و ہجو کی ایک دیوار قائم کر لی۔ اور یہ سوچ کر آپ ہی آپ مسکرانے لگے کہ محمدؐ کا جادو اس دیوار کو توڑ کر ہمارے کانوں تک پہنچ جائے تب جانیں!

لیکن محمدؐ کا جادو جادو نہیں تھا، قدرت کی آواز تھی۔ فطرت کی پکار تھی جس نے اپنے سننے والے کان ڈھونڈ لئے اور جو دل میں اُتر گئی۔ ہمارا تمسخر، ہمارے قہقہے، ہمارا فلسفہ، ہماری منطق اور ہماری عقلمندی کی دال نہ گلی، اور ہادیٔ برحق

کو سچائی کا اعلان کئے ابھی چند ہی دن گذرے تھے کہ مکہ میں کہرام مچ گیا، مرد عورتیں بوڑھے اور بچے، دانا اور بیوقوف، شاعر اور پہلوان غرض جو کوئی بھی اس آواز کو سن پاتا اس کا والہ وشیدا ہو جاتا۔ دیوانہ ہو جاتا۔ محمدؐ کا جادو چھپکے چھپکے ہماری فولادی دیوار میں رخنے کر کے ہمارے قلب وجگر پر حملے کر رہا تھا۔

ہم یہ سب کچھ برداشت نہ کر سکتے تھے۔ اس لئے ہم نے اس مسکرا مسکرا کر عقل وہوش پر گرتی ہوئی اور ہمارے صدیوں سے جمع کئے ہوئے اعتقادی خزانے کو راکھ کا ڈھیر بناتی ہوئی بجلی کا مقابلہ ظلم وجور کی ڈھالوں سے کرنے کی ٹھان لی۔ اور یہ ارادہ کر لیا کہ اب جو کوئی بھی اسلام لائیگا۔ خدا کو واحد مانے گا۔ گندگی اور نجاست سے ہاتھ اٹھائے گا، اپنے ہاتھ سے گھڑے ہوئے خداؤں کے سامنے سجدہ ریزی سے توبہ کریگا۔ ہم اسے قرار واقعی سزا دیں گے۔ ایسی سزا، کہ وہ گھبرا کر نور کا دامن چھوڑ دے اور تاریکی میں واپس چلا آئے۔

چنانچہ ہم نے اپنے ارادوں کو عملی جامہ پہنایا اور جو مسلمان بھی ہمارے ہتھے چڑھا ہم نے اسے مار مار کر ادھموا کر دیا۔ ایسی ایسی سزائیں دیں جن کو سن کر انسانیت کی پیشانی شرم سے عرق آلود ہو جاتی ہے۔ سر کے بال نوچنا، گردن مروڑنا گرم پتھروں بلکہ دہکتے ہوئے انگاروں پر لٹانا۔ بوریئے میں باندھنا اور نیچے سے دھواں دینا۔ پاؤں سے رسی باندھ کر تپتی ہوئی ریت پر گھسیٹنا یہ چند طریقے تھے جو قوم کے رہنماؤں نے قوم کی ڈوبتی ہوئی نیا کو ڈوب جانے سے بچانے کے لئے اختیار کئے ہمارا خیال تھا کہ یہ بھیانک مظالم عربوں کو اسلام کے دور رس پنجوں سے بچائے رکھیں گے۔ لیکن ایسا نہ ہو سکا۔ قدرت نے ہماری ہر کوشش کی تضحیک

پر کمر باندھ رکھی تھی اور جس طرح ہمارا تمسخر ناکام رہا تھا۔ اسی طرح ہمارا ظلم وجور بھی ناکام رہا۔

خود میں اپنے دل میں قومی درد کی اس تڑپ کو محسوس کئے بغیر نہ رہ سکا۔ مجھے بھی اپنے خداؤں کو بچانے کا دعویٰ تھا اور میں بھی سمجھتا تھا کہ اس مشکل وقت میں اگر میں نے اپنے معبودوں کی حفاظت نہ کی تو ان بیچاروں کو رہنے کی جگہ نہ ملے گی۔

میری ایک لونڈی جس کا نام لبینہ تھا مسلمان ہوگئی۔ جب مجھے یہ معلوم ہوا کہ بینڈ کی کو بھی زکام نے آدبایا ہے تو مجھے سخت غصہ آیا۔ میں نے لبینہ کو غلط راہ سے بچانے کے لئے کوڑا اٹھایا اور اسے اپنے سامنے بلا کر پوچھا۔

"لبینہ! کیا ہوگیا ہے تجھے؟"

لبینہ نے سادگی سے میری طرف دیکھا اور بولی۔

"کچھ بھی تو نہیں حضور!"

اور میں نے کوڑا پھٹکار کر کہا۔

"سچ بول ——! تو مسلمان ہوگئی ہے؟"

اور معلوم ہے آپ کو کیا جواب دیا تھا اس دو ٹکے کی لونڈی نے؛ اس نے آنکھیں جھکا لیں اور دھیمی آواز میں کہا۔ "الحمد للہ!" یہ جواب سن کر میرے تن بدن میں آگ لگ گئی مجھے اپنا ہوش نہ رہا اور میں نہیں جانتا کہ میں نے اسے کتنا مارا اور کتنی دیر تک مارتا رہا لیکن وہ مار کھاتی رہی اور "اللہ اللہ" کے نعرے بلند کرتی رہی۔ جب میں تھک گیا تو میں نے ہاتھ روک کر پوچھا۔

"ابھی نشہ اُترا ہے یا نہیں؟"

وہ اس قدر پٹنے کے باوجود مسکرا کر بولی۔"حضور اگر مار مار کر آتو بھی کر دو تب بھی یہ نشہ نہیں اُترے گا"

میں نے کہا۔"اچھا تو ذرا دم لے لوں۔ ابھی نشہ اتارتا ہوں تیرا"

اب میرا ہر روز کا یہی معمول ہو گیا اور میں سارا سارا دن لبینہ کو پیٹتا رہتا لیکن واقعی وہ نشہ جو اسے چڑھ چکا تھا نہ اترا ۔۔۔۔ اللہ اللہ! کیا نشہ تھا؟

لبینہ کی ان باتوں نے مجھے سخت متعجب کیا۔ میں حیران تھا کہ ہمارے سامنے آنے جانے والے ایک سادہ سے آدمی نے یہ ایسا کاری جادو کہاں سے سیکھ لیا ہے کہ جو شخص بھی ایک دفعہ اس کا ہو جاتا ہے۔ پھر اس سے پھرنے کا نام نہیں لیتا۔ اس تعجب نے مجھے سر سے پاؤں تک غصے میں بھر دیا۔ میں نے ارادہ کر لیا کہ جس طرح بھی ہو یہ فساد کی جڑ کاٹ دینی چاہیے۔

اس زمانے میں حضور سرورِ دو عالم اپنے بھائیوں کے مظالم سے تنگ آ کر ارقم کے مکان میں مقیم ہو گئے تھے۔ اور ان کے ساتھ وہ تیس چالیس مسلمان بھی تھے جنہوں نے کلمۂ حق پر لبیک کہی تھی۔ قریش خود ان کی ذات پر تلوار اٹھانے سے ڈرتے تھے کہ مبادا محمدؐ کا قبیلہ انتقام لینے کے لئے اٹھ کھڑا ہو۔ لیکن لبینہ کا اصرار دیکھ کر مجھے اس قدر غصہ آ گیا تھا کہ میں نے بنو ہاشم کے غیظ و غضب کے خیال کو بھی اپنے ذہن کے قریب نہ آنے دیا۔ سارے قبیلہ کی خشمگیں نگاہوں کا منہ چڑاتا ہوا، اٹھا۔ تلوار ہاتھ میں لی اور ارقم کے مکان کی طرف چل دیا۔

اثنائے راہ میں نعیم مل گئے۔ یہ ہمارے خاندان کے ایک شریف النفس اور

باعزت بزرگ تھے - اور مجھے ہر طرح ان کی خاطر ملحوظ تھی - لیکن قیامت یہ تھی کہ نعیم بھی مسلمان ہو چکے تھے۔ اور چونکہ مسلمان ہونے کی حیثیت سے میرے دشمن تھے اس لئے انھیں آتا دیکھ کر میں نے نفرت سے مُنہ پھیر لیا اور رستہ سے ہٹ گیا۔ نعیم نے مجھے دیکھ لیا تھا - میرے ہاتھ کی تلوار پر بھی ان کی نظر پڑ چکی تھی اور میرے بگڑے ہوئے تیوروں نے ممکن ہے انھیں میرے سینہ کے طوفان سے بھی آگاہ کر دیا ہو مجھے رستہ چھوڑتے دیکھ کر وہ میری طرف بڑھے اور خندہ پیشانی سے بولے -

"ابن الخطاب! کہاں چلے؟"

یہ لفظ نہ تھے تیل کے چھینٹے تھے جنھوں نے میرے غیظ و غضب کو طوفانِ آتش میں بدل دیا - میں نے گرج کر کہا -

"ارقم کے مکان کی طرف!"

نعیم مسکرا کر بولے -

"کس لئے؟"

"آج میں قصہ پاک کر دونگا - تاکہ یہ آئے دن کے جھگڑے مٹیں - نہ رہے گا بانس نہ بجے گی بانسری ——— !"

"اوہ!" نعیم بولے - "یہ دعوے ہیں آپ کے؟ لیکن واللہ ابن الخطاب تم ہو غضب کے - ارے بھئی پہلے اپنے گھر کی خبر تو لی ہوتی۔"

"کیوں، کیا ہوا ——؟"

"خوب! بڑے بھولے ہو - دودھ پیتے بچے! مانو کچھ جانتے ہی نہیں - ارے بھئی تمہارے بہنوئی سعید ابن زید اور تمہاری بہن فاطمہ مدت سے حلقہ بگوش اسلام ہو چکے ہیں۔"

"کیا سچ ؟ ــــ" گو ان کے اسلام لانے کی بھنک میرے کان میں پڑ چکی تھی لیکن ہم چشم کے سامنے ایسا سنگین اعتراف کونسی آسان بات ہے !

"مجھے جب سے اللہ ایک، اور محمدؐ اس کا رسول ہے کہنے کی سعادت نصیب ہوئی ہے جھوٹ کی ماں مرے جو میرے قریب بھی آجائے۔" نعیم بولے اور ہنستے ہوئے چلدئیے،

اگرچہ میں نے نعیم پر یہی ظاہر کیا تھا کہ میں ان دونوں کے اسلام لانے سے ناواقف ہوں لیکن یہ ایک حقیقت تھی کہ میں اس واقعہ سے پوری طرح آگاہ تھا اسے میرے دل کی کمزوری کہہ لیجئے یا کچھ اور کہ اپنی بہن فاطمہ سے مجھے ہمیشہ محبت رہی تھی۔ یہ محبت کوئی نئی چیز نہ تھی۔ ہم بچپن سے اکٹھے رہے اور اکٹھے جوان ہوئے تھے۔ اس لئے ان کا اسلام لے آنا گو میرے لئے سخت ذہنی کوفت کا باعث ہوا لیکن اسے کسی جسمانی یا روحانی آزار میں مبتلا کرنے کی ہمت اپنے آپ میں نہیں پاتا تھا۔ یہی وجہ تھی کہ میں نے ہمیشہ چشم پوشی کی۔ یہانتک کہ انھیں بھی آگاہ نہ ہونے دیا کہ میں ان کی اس حرکت سے واقف ہوں۔

لیکن اب ــــ؟ ایک ہم چشم، ہم قوم اور ہم رتبہ شخص نے مجھے یہ بات طعنے کے طور پر کہی تھی۔ یہ طعنہ مجھے کھا گیا۔ میرا سارا غصہ سمٹ سمٹا کر بہن کے لئے وقف ہو گیا۔ اور میں نے ارادہ کر لیا کہ جو ہو سو ہو سب سے پہلے اپنی بہن اور اس کے شوہر کو اسلام کے اثر سے آزاد کراؤنگا۔ چنانچہ اسی غصے میں پیچ و تاب کھاتا اور بھنّاتا میں بہن کے مکان کی طرف روانہ ہو گیا۔

رستہ بھر میرے ذہن میں طرح طرح کے خیالات آتے رہے اور میرا خون کھولتا رہے۔ یہاں تک کہ جب میں سعید بن زید کے مکان کے سامنے پہنچا ہوں تو میں خود

محسوس کرتا تھا کہ میرے اعضا غصے کی شدت سے کانپ رہے ہیں اور میرا ہاتھ رہ رہ کر تلوار کے دستے کی طرف کھنچا پڑتا ہے۔

لیکن دروازے پر پہنچکر میں نہ معلوم کیوں ٹھٹک گیا۔ دروازہ بند تھا اور اندر سے کنڈی چڑھی ہوئی تھی۔ اس کے علاوہ سب سے عجیب چیز جس نے میرے روئیں روئیں میں غیر فطری تناؤ پیدا کر دیا تھا میری بہن کی آواز تھی جو نہایت خضوع وخشوع اور قرأت سے قرآن پاک کی تلاوت کر رہی تھی۔ میں اس وقت تک کلام ربانی سے نا آشنا تھا۔ میرا یہ مطلب نہیں کہ یہ نعمت عظمیٰ میرے کانوں تک نہیں پہنچ پائی تھی۔ میں نے بسا اوقات جناب رسالت پناہی کی زبان مبارک سے پاک خدا کا پاک کلام سنا تھا لیکن بدنصیبی نے چند دن اور میرے لئے ظلمت مقدر کر رکھی تھی۔ اس لئے جب کبھی یہ کلام میرے کانوں کے قریب پہنچا تو میں اپنے کانوں میں انگلیاں ٹھونس لیا کرتا تھا۔ میرا خیال تھا کہ ان الفاظ میں جادو ہے جو سماعت کے قریب آتے ہی بالواسطہ دل پر حملہ کر دیتا ہے۔

آج بھی اپنی بہن کی مترنم اور غم آگیں آواز میں یہ زندگی بخش پیغام سنتے ہی میری بدنصیبی نے میری انگلیوں کو پکڑ کر میرے کانوں میں ٹھونس دیا۔ سماوی رحم وکرم کے اُبلتے ہوئے چشمے پر پتھر رکھ کر اس کی فرحناک دلفریبیوں کو روکنے کی کوشش کی گئی۔ لیکن قدرت نے مجھے اس رستہ پر ڈال دینے کا عہد کر لیا تھا جو نہ صرف میرے بلکہ سارے عالم انسانیت کے لئے واحد ذریعہ نجات تھا۔ اس لئے اس پتھر کے باوجود اس ابلتے ہوئے چشمے کی زندگی بخش بوندیں رس رس کر میرے قلب ودماغ پر ایک ایسا نشہ چھڑکنے لگیں جو اپنی خاصیت میں دنیا کے تمام

نشوں سے نرالا تھا۔اس نشے میں بیدار کرنے کی قوت تھی۔یہ نشہ تھا سکر شکن — نیند کے ماتوں کو جھنجھوڑ کر بیدار کر دینے والا۔

لیکن زخم پر کافوری مرہم کا پھاہا بھی مریض کو ایک دفعہ تڑپا دیتا ہے میرے زخم خوردہ دل پر جب یہ پھاہا رکھا گیا تو ایک دفعہ میں بھی تڑپ اٹھا اور میری یہ تڑپ ایک خوفناک ہلاکت آفریں آندھی میں تبدیل ہو گئی۔جو دفعتہً ایک جنوں خیز غصے کی صورت میں میرے سینہ کی پہنائیوں میں بے زنجیر ہو گئی۔میرے ہاتھ نہ معلوم کس جذبے کے تحت اُٹھے اور دروازے کے پرانے تختوں پر اس زور سے پڑے کہ دروازہ کے پرانے زنگ خوردہ چھپکے چیخ اُٹھے اور اُس کے اندر سے نور کا بہتا ہوا فوارہ یکدم رک گیا۔اس کی جگہ دھیمی گھبرائی ہوئی آوازوں نے لے لی۔

سعید کہہ رہے تھے۔" ابن الخطاب آگئے ہیں"۔

پھر آواز آئی۔" پہلے میں جاتی ہوں۔آپ سے پہلے میں شہید ہو نگی"۔

پھر آواز سنائی دی۔" نہیں پہلا حق مرد کو پہنچتا ہے"۔

دروازے کی کنڈی آہستہ سے اتر گئی۔سعید ابن زید کا مسکراتا ہوا چہرہ نظر پڑا۔میں بیک نظر پہچان گیا یہ مسکراہٹ مصنوعی تھی ورنہ حقیقت یہ تھی کہ خوف کی وجہ سے ان کے ہونٹوں پر پیپڑیاں جم گئی تھیں۔میں نے اپنی دہشت انگیزی کے احساس سے غیر شعوری طور پر لطف لیا اور شہ پاکر اور بھی شیر ہو گیا۔سعید ابن زید کو دھکیل کر ایک طرف کر دیا اور خود گھر میں چلا گیا اور اندر سے دروازے کی کنڈی چڑھا دی۔

میری بہن، میری دنیا کی تنہا رونق، فرط دہشت سے سمٹی، دبکی ایک کونے میں کھڑی تھی۔ اور قرآن پاک کے چند اجزا اس کے سینے سے اس طرح لگے ہوئے تھے گویا وہ اپنی زندگی کے حقیقی اور واحد خزانے کو دشمن کی دستبرد سے بچانے کے لئے اپنی جان کو ڈھال بنانے پر تیار ہے۔ اور حقیقت بھی یہی تھی۔ یہ اجزا حقیقتہً ہم سب کی زندگی کا قیمتی اور واحد خزانہ ہیں۔ اس کی حفاظت کے لئے ہماری جانیں تو کیا اگر اس سے بھی بڑھ کر کوئی چیز ہوتی تو وہ بھی دیدی جاتی لیکن اس وقت میری آنکھوں پر پٹی بندھی تھی اور میں اپنی دولت کو پہچاننے سے آپ ہی معذور تھا۔

مجھے یہ تلخ اعتراف کرنا پڑتا ہے کہ قرآن پاک کو دیکھ کر میرا غصہ طوفان کی شدت سے بڑھا ایسا کہ میں اپنے بہنوئی سے دست و گریبان ہو گیا۔ میں نے ان کی قمیص پکڑ لی اور سوچے سمجھے بغیر ان کے منہ پر اپنی انتہائی قوت سے تھپڑ مارے انھوں نے اپنے آپ کو بچانے کی کوشش کی لیکن میں ان سے زیادہ طاقتور تھا۔ اور پہلوانی کو ایک فن کی حیثیت سے سیکھے ہوئے تھا اس لئے وہ میرے صحیح مقابل ثابت نہ ہوئے اور آخر چاروں شانے چت زمین پر گر پڑے۔ میں ان کے سینہ پر چڑھ بیٹھا اور میری زبان نے سرور دو عالم کی شان میں وہ گستاخانہ الفاظ کہے جن کی یاد اب بھی ندامت سے مجھے عرق عرق کر دیتی ہے۔

بہن فاطمہ یہ برداشت نہ کر سکیں۔ انھوں نے قرآن پاک کے اجزا بلند جگہ پر رکھ دیئے اور میری طرف لپکیں۔ لیکن اس وقت مجھے کسی کی پروا نہ تھی۔ میرے دماغ میں صرف ایک ہی دھن سمائی ہوئی تھی اور وہ یہ کہ ان دونوں کو بجبر و اکراہ اسلام سے منحرف کر دوں۔ چنانچہ میں نے خود اپنی بہن کو زور سے دھکا دیا۔ وہ

بیچاری دھان پان کمزور عورت اس جناتی قوت کی بھلا کیا تاب لا سکتی۔ کبوتر کے اس پر کی طرح جو ہوا کی لہروں میں لڑھکتا ہوا دور تک پہنچ جائے کونے میں جا گریں اور اس زور سے کریں کہ نیم بیہوش سی ہوگئیں۔ لیکن پھر ہمت کی۔ چیخکر اٹھیں اور واسطے دیتیں۔ منتیں کرتیں میری طرف آئیں۔ میں نے ان کی ایک نہ سُنی اور آخر انھوں نے مجبور ہوکر میرے بالوں کو اپنی کمزور مٹھیوں میں پکڑ لیا۔ یہ میرے سر کے بال کچھ ہی دنوں سے اُڑے ہیں۔ پہلے یہاں بالوں کا ایک گنجان ذخیرہ تھا ان کی دست درازی نے مجھے غصہ سے دیوانہ کردیا اور میں تڑپ کر سعید کے سینہ پر سے اُٹھ بیٹھا۔ میرا خونیں کوڑا میرے ہاتھ میں تھا اور میں بغیر کچھ دیکھے بھالے بغیر کچھ جانے بوجھے، اندھا دُھند، دیوانہ وار کوڑے پر کوڑا برسا رہا تھا اور اس وقت تک برساتا رہا جب تک کہ میرے ہاتھ پاؤں شل نہ ہوگئے۔

اب تو مومنین کی خدمت کا یہ اہم فرض جو خدا نے میرے سپرد فرمایا ہے اس کی وجہ سے کچھ متردد رہتا ہوں اور سب سے بڑھ کر اپنے ہاتھوں سے اپنے پاؤں پر جو کلہاڑے میں نے چلائے ہیں ان کا احساس مجھے اندر ہی اندر کھائے جاتا ہے اس وجہ سے پہلے سے بہت کمزور ہو چکا ہوں۔ تاہم آپ اندازہ کرسکتے ہیں کہ اب بھی میری ہڈیوں میں خاصہ بل ہے۔ اس وقت تو عنفوان شباب تھا۔ رگوں میں بجلیاں لہراتی تھیں۔ اس وقت کی میری جسمانی حالت اور طاقت کو ذہن میں رکھئے اور یہ اندازہ کیجئے کہ میں نے ان بیگناہ بیقصور اللہ کے بندوں پر کتنا ظلم کیا ہوگا۔ اور کتنی دیر تک کرتا رہا ہونگا؛ ـــــ خداوندا شرمسار ہوں اور تیرے رحم کا امیدوار۔

اور میرے عجمی دوست! جب میں تھک کر دم لینے کے لئے رُکا تو میری نگاہیں

معاً اپنی کمزور بہن کی طرف کھچ گئیں۔ اف! ان کے جسم کے کپڑے تار تار ہو گئے تھے اور جگہ جگہ سے خون رس رس کر ان چیتھڑوں کو بھگو رہا تھا۔ ان کے چہرے پر ظالم کوڑے نے اپنی خوفناک مہریں ثبت کر رکھی تھیں۔ ان کے سجدوں کی برکت سے منور پیشانی پر جگہ جگہ نیلے نیلے زخم ابھر آئے تھے۔ وہ میرے سامنے کھڑی تھیں تکلیف اور نقاہت کی شدت سے نیم جان —— ان کے ہونٹ بیکسی کی حالت میں کانپ رہے تھے۔

یہ منظر مجھ سے نہ دیکھا گیا۔ میرا غصہ ایکدم تاسف میں بدل گیا۔ مجھے اپنے کئے پر افسوس ہوا۔ میرے ضمیر نے آواز سے مجھے پکار کر کہا کہ ابن الخطاب تو نے جو کچھ بھی کیا برا کیا۔ لیکن میرے پرانے فلسفے اور میرے قومی خدمت کے رنگوں میں رنگے ہوئے استدلال نے بہت جلد ضمیر کو جواب دیا کہ میں نے جو کچھ کیا ہے اپنی بہن کی بھلائی کے لئے کیا ہے۔ اسے سیدھی راہ دکھانے کے لئے کیا ہے لیکن اس جواب سے میرا ضمیر مطمئن نہ ہوا۔ اس نے کچھ اور کہا۔ میرے فلسفے نے کچھ اور جواب دیا۔ اس نے کچھ اور اعتراض کیا اور میری منطق نے میری طرف سے کچھ اور صفائی پیش کی، عقل اور ضمیر کی اس کشمکش نے میرے سینے میں ایک نئے جذبے کو بیدار کر دیا۔ اس جذبے کا کیا نام ہے؟ میں نہیں جانتا۔ البتہ اتنا جانتا ہوں کہ اسی جذبے کے زیر اثر میں نے انتہائی کوشش سے اپنی آواز کو نرم بنا کر کہا۔

"فاطمہ! تم میری بہن ہو۔ میں نہیں چاہتا کہ تم میری آنکھوں کے سامنے اور میرے ہوتے ہوئے اپنے باپ دادا کے مذہب کو خیرباد کہہ کر ایک دوسرا مذہب اختیار کر لو جس کے ذریعے سے ہمارے دیوتاؤں کی تضحیک کی جاتی ہے۔ تم اپنے باپ دادا کے مذہب کی طرف

لوٹ آؤ۔ فاطمہ! لوٹ آؤ۔ اسلام کو چھوڑ دو --- محمدؐ کو چھوڑ دو۔"

لیکن فاطمہ نے میری بات نہ سنی۔ وہ کانپتے ہوئے قدموں سے اٹھی۔ ڈگمگاتی ہوئی بڑھی۔ اس کے لرزتے ہوئے ہاتھ بلند ہوئے اور میں نے دھندلاتی ہوئی آنکھوں سے دیکھا کہ ان زخم خوردہ ہاتھوں میں قرآن پاک کے وہی اجزا ہیں جو ابھی ابھی اس چھینکے پر رکھے گئے تھے۔ یہ اجزا کانپتے ہوئے سے بڑھے اور فاطمہ کے سینے سے چمٹ گئے۔ گویا بادِ سموم میں گھرے ہوئے شتر سوار کو یکدم ایک زندگی بخش نخلستان نے اپنے آغوش میں پناہ دے دی۔ گویا قزاقوں کے جگر شگاف نیزوں میں گھرے ہوئے ایک غریب الوطن مسافر کو شاہی قانون نے اپنے سینہ سے لگا کر دوبارہ زندگی بخش دی۔ فاطمہؓ کے پھٹے اور خون میں لتھڑے ہوئے ہونٹ آہستہ آہستہ ان پاروں پہ جھک گئے۔ اور اس کی آنکھیں نیم بند سی ہوتی گئیں میں حیران و ششدر دیکھ رہا تھا۔ فاطمہ نے میری پکار کا جواب زبان سے نہیں بلکہ ایک نظر فریب حرکت سے دیا تھا۔ ایک ایسی حرکت جس کی جزئیات میرے قلب و دماغ میں گڑ کر رہ گئیں۔

اور اجنبی دوست! چند لمحوں کے بعد وہ آنکھیں کھلیں --- وہ آنکھیں جن کے اردگرد بہتے ہوئے تازہ خون نے ایک نہیں کئی ہالے بنا دیئے تھے۔ اور ان میں تم جانتے ہو کیا تھا؟ ان میں نور تھا۔ ایک ایسا نور --- جس نے مجھے سہما دیا، جس نے عمر ابن الخطاب جیسے سنگدل انسان کے دل میں دہشت کی لہریں دوڑا دیں۔ میں نے ان آنکھوں کی طرف دیکھا، ایسا معلوم ہوتا تھا کہ کوئی غیبی قوت ہے۔ کوئی نظر نہ آنے والا ہاتھ ہے جو زبردستی میری آنکھوں کو جھک

جلنے پر مجبور کر رہا ہے۔ میں محسوس کر رہا تھا کہ فاطمہ میں کوئی ایسی روحانی قوت ہے جو میری ساری طاقتوں کو، میرے سارے غیظ و غضب کو، میرے سارے شورش اور جنون کو سلب کئے لیتی ہے۔ مجھے معلوم ہو رہا تھا کہ میں ایک عورت کے سامنے ——— اپنی بہن کے سامنے ——— اپنی اس بہن کے سامنے جس کو ابھی ابھی میں نے اپنے بازوؤں کی قوت سے ایک حقیر پر کی طرح اُچھال اُچھال کر ادر پٹخا پٹخا کر رہا ہے ہار ماننے پر مجبور کیا جا رہا ہوں۔

لیکن میں نے اس مجبوری کے خلاف احتجاج کیا۔ میں نے ارادہ کرلیا کہ آنکھوں میں سے پھوٹتے ہوئے اس نور کا مقابلہ سینہ تان کر کروں گا۔ میں آنکھوں سے اس وقت تک آنکھیں ملائے رہوں گا جب تک کہ خود فاطمہ کی نگاہیں نہ جھک جائیں۔ مجھے فاطمہ کو شکست دینی تھی۔ مجھے اس کو سیدھے راستہ پر لانا تھا لیکن ایسا نہ ہو سکا۔ میرا دل اس نور کا مقابلہ نہ کر سکا، اور میری آنکھیں کوشش کے باوجود جھک گئیں ——— اور ساتھ ہی میرا سر بھی ——— اجنبی دوست! میں فاطمہ کے سامنے ہار گیا تھا۔

لیکن ہار کو اتنی جلدی مان لینا میری فطرت کے خلاف تھا۔ میں نے گھبرا گھبرا کر اِدھر اُدھر دیکھا۔ میں نے کوڑے کے موٹھ پر اپنی گرفت کو مضبوط کرنے کے لاکھ جتن کئے۔ میرے ہاتھوں نے میری ڈاڑھی کے بال نوچے۔ ہونٹوں کو اتنا کھینچا کہ ان میں درد ہونے لگا۔ میرے سینہ میں اس شکست کی مخالفت کرنے کے لئے لاتعداد الفاظ تھے۔ الفاظ ——— جذبات ——— ان دونوں کی جنگ ہو رہی تھی۔ لیکن نہ معلوم کیوں، نہ معلوم کس لئے میرے ہونٹوں نے وہ کچھ کہا جو میں نے

نہیں کہنا چاہتا تھا ــــــ لیکن میرے ضمیر کی آواز، میری فطرت کی پکار، اور میرے دل کی تڑپ نے اپنے اظہار کے لئے چند الفاظ ڈھونڈ لیے اور وہی الفاظ خود بخود میری خواہش کے خلاف میرے ہونٹوں پر سے لڑھک پڑے ـ گویا سوتے میں اپنے آپ کو یہ کہتے سُنا۔

" فاطمہ! جو کچھ تم پڑھ رہی تھیں ــــ مجھے بھی سناؤ۔"

بہن کی بے لوث محبت ملکوتی مسرت بن کر فاطمہ کی آنکھوں سے جھانکنے لگی۔ ایک سچے ایماندار کے قلب مصفا کی مسرت پاش دھڑکنیں ایک ہلکی سی مسکراہٹ میں متشکل ہو کر ان پھٹے ہوئے زخم خوردہ ہونٹوں پر معصوم فرشتوں کی طرح کھیلنے لگی۔ اس نے چند لمحوں کے لئے میری طرف دیکھا۔ پھر اُس کی آنکھیں جھک کر قرآن کے صفحات پر مرکوز ہو گئیں اور اس نے اپنی ٹوٹی ہوئی اُکھڑی سی لیکن پھر بھی مترنم آواز میں قرأت کے ساتھ مجھے یہ پیغام سُنایا۔

" جو کچھ آسمان اور زمین میں ہے۔ اور جو کچھ ان کے درمیان ہے سب اللہ کی حمد کرتا ہے اور وہی غالب حکمت والا ہے۔ آسمانوں اور زمینوں کی بادشاہی اسی کے لئے ہے۔ وہ ہر چیز پر قادر ہے۔ وہی زندہ کرتا اور وہی مارتا ہے وہی اوّل، وہی آخر، وہی ظاہر، وہی باطن، اور وہی سب کو جاننے والا ہے۔ وہی ہے جس نے آسمانوں اور زمین کو چھ دن میں پیدا کیا اور پھر قرار پکڑا۔ وہ عرش پر جانتا ہے جو کچھ کہ زمین میں داخل ہو رہا ہے اور جو کچھ اس سے خارج ہو رہا ہے جو آسمانوں سے نازل ہو رہا ہے اور آسمانوں کی طرف بلند ہو رہا ہے۔ جہاں تم ہو وہ تمہارے ساتھ ہے۔ اور جو کچھ تم کر رہے ہو وہ دیکھتا ہے۔ آسمانوں اور زمین

کی بادشاہی اسی کے لئے ہے۔"

اس کا ایک ایک لفظ میرے دل میں اُترتا جا رہا تھا۔ مجھے ایسا محسوس ہو رہا تھا کہ کوئی بہت دور سے مجھ کو پکار رہا ہے۔ اور کہتا ہے عمر آؤ ہم تمہیں ایک نیا رستہ بتاتے ہیں۔ مجھے ایسا محسوس ہوا گویا میں ریگزار میں تنہا ہوں میرے مشکیزے میں پانی کا ایک قطرہ بھی نہیں اور میں چمکتی ہوئی بالو کو پانی سے لبالب بھرا ہوا حوض سمجھ کر بھاگتا پھرتا ہوں —— ایسے میں دفعتہً کوئی فرشتہ غیب نازل ہوا ہے اور اس نے ٹھنڈے پانی سے لبالب بھری ہوئی چھاگل میرے مُنہ سے لگا دی ہے۔ میں پانی پیتا جا رہا ہوں اور آنکھیں آنسوؤں کی زبان میں اس کا شکریہ ادا کرتی جا رہی ہیں —— اور پھر جب میری بہن نے یہ کہا۔

"اور ہر امر اللہ کی طرف رجعت کرتا ہے۔ وہ جو رات کو دن میں اور دن کو رات میں داخل کرتا ہے۔ سینے کے بھیدوں سے واقف ہے۔ ایمان لاؤ اللہ پر اور اللہ کے رسول پر۔ تم کو پہلوں کا جانشین کیا گیا ہے۔ خرچ کرو تم میں سے جو لوگ ایمان لائے اور خرچ کیا ان کے لئے بہت بڑا ثواب ہے۔"

تو مجھے اپنا ہوش نہ رہا۔ اور دفعتہً پکار اُٹھا۔ میں شہادت دیتا ہوں کہ اللہ ایک ہے اور محمدؐ اس کے رسول ہیں۔" میری عزیز بہن فاطمہ دوڑ کر میرے سینے سے لپٹ گئیں۔ ان کی آنکھوں میں آنسو تھے اور میرا تو یہ حال تھا گویا دفعتہً میرے پتھر پر زمزم کے دو چشمے پھوٹ نکلے ہیں۔ میں نے اپنی بہن کو سینے سے لگا لیا اور دہاڑیں مار مار کر رونے لگا۔ اس جوش گریہ کی کیا ممکن وجہ

ہو سکتی ہے —— ؛ میں نہیں جانتا۔ اور پھر میری پشت پر کسی بوجھ کا احساس ہوا۔ میں نے پلٹ کر دیکھا۔ سعید بن زید میری پشت پر ہاتھ رکھے کھڑے تھے اور کہہ رہے تھے۔

"کتنا مبارک ہے آپ کا رونا —— ! ان آنسوؤں نے روح کی ساری تاریکیاں دھو ڈالی ہیں"

میں نے پلٹ کر ان کے زخم آلود۔ خون میں ڈوبے ہوئے زرد چہرے کی طرف دیکھا۔ وہ مسکرا رہے تھے۔ اس دفعہ ان کی یہ مسکراہٹ حقیقی تھی، ایک تابناک، فرحناک، زندگی بخش مسکراہٹ، ان خون آلود ہونٹوں پر کانپ کانپ کر مجھے لافانی مسرت کا پیغام دے رہی تھی۔

اب سے چند منٹ قبل انہی ہونٹوں کی مسکراہٹ نے مجھے شدیکر دیوانہ بنا دیا تھا۔ اور اب اسی مسکراہٹ نے میرے دل و دماغ پر شرم کا تیزاب چھڑک دیا۔ میرے ہاتھ خود بخود اٹھے اور میرا منہ ڈھانپ دیا گیا۔ سعید نے مجھے پکڑ کر سینہ سے لگا لیا اور بولے —— ایسا معلوم ہوتا تھا کہ وہ کوئی عجیب زبان بول رہے ہیں۔ ایسی زبان جس میں تحکم بھی ہے اور انکسار بھی۔

"آؤ !" وہ بولے۔ "اس دروازے پر چلیں، جہاں نیکیوں کی بھیک ملتی ہے —— !"

میں تنہا دربارِ رسالت میں حاضر ہو کر اپنے گزشتہ گناہوں کا اعتراف کر کے ان کی معافی مانگنا چاہتا تھا۔ اس لئے میں نے سعید اور فاطمہ کو وہیں چھوڑا

اور خود ارقم کے مکان کی طرف چلا۔

لیکن اس دفعہ میرا سر جھکا ہوا تھا، میری آنکھیں آنسوؤں سے لبریز تھیں اور میرے پاؤں ڈگمگا رہے تھے۔ میرا دل جو چند لمحہ قبل خونیں خیالات کی آماجگاہ بنا ہوا تھا، ایسا معلوم ہوتا تھا کہ سینے سے نکال دیا گیا ہے۔ اور اس کی جگہ ایک ایسا دل رکھ دیا گیا ہے جو گوشت اور خون کا لرزتا اور دھڑکتا ہوا ٹکڑا نہیں بلکہ مجسم نور ہے ــــ جس کے ہر گوشے میں واحد خدا کی حکومت ہے اور میں اس صاف ــــ نور سے معمور، اور وحدانیت کے جذبات سے بھرے ہوئے دل کو سینہ میں حفاظت سے دبائے ان قدموں کی طرف کھنچتا چلا گیا جن پر اسے بھینٹ چڑھانا تھا۔

دُور مجھے ایک مکان نظر آیا۔ جس کی بلند چار دیواری میں ایک مضبوط دروازہ تھا۔ اس دروازے کی طرف جانے کے لئے چھوٹی چھوٹی کچی سیڑھیاں تھیں۔ وہی سیڑھیاں ــــ جنھیں باعث تکوین دو عالم نے اپنے قدموں سے کہکشاں کی طرح منور کر دیا تھا۔ مجھے ایسا محسوس ہوا کہ وہ مکان نہیں بلکہ میری تقدیر کا تابناک ستارا ہے۔ جو اپنی روشنی سے ساری دنیا کو دریائے نور میں غوطے دے رہا ہے۔

میرا دل کانپنے سا لگا۔ میرے پاؤں میں لرزش پیدا ہو گئی۔ میری آنکھیں اپنے اندر اس مکان کی طرف اٹھنے کی جرأت نہ پاتی تھیں ــــ لیکن پھر بھی نہ معلوم وہ کون سی قوت تھی جو مجھے اس طرف دھکیلتی رہی۔ میں بڑھتا گیا بلکہ یوں کہئے کہ کھنچتا چلا گیا ــــ مجھے صرف یہی یاد ہے کہ میں نے خواب میں دیکھا

کہ میں ایک نورانی سیڑھی پر چڑھتا ہوا آسمان کی بلندیوں کی طرف چلا جا رہا ہوں بڑھا جا رہا ہوں۔ آگے، اور آگے۔ یہاں تک کہ میں ایک دروازہ پر پہنچ گیا۔ اور میری مٹھیاں خود بخود اٹھیں۔ دروازے میں آواز پیدا ہوئی اور میں چونک پڑا گویا بیدار ہو گیا ـــــــ اور میں نے اپنے آپ کو ارقم کے دروازے پر دستک دیتے ہوئے پایا۔

اندر سے بہت سے آدمیوں کی کھسر پھسر سُنائی دی۔ لوگ آپس میں چہ میگوئیاں کرنے لگے۔ "تلوار" اور "ابن الخطاب" کے الفاظ تھے جو میری سماعت سے ٹکرائے۔ اور میری نگاہیں غیر شعوری طور پر گھوم کر کمر میں لٹکی ہوئی تلوار کی طرف چلی گئیں۔ یہ تلوار ـــــــ ایسا معلوم ہوتا تھا کہ میری کمر پر ایک دہشتناک سانپ لپٹا ہوا ہے۔ پھر ایک بلند آواز سنائی دی۔ یہ آواز شہید اعظم جناب حمزہ کی تھی۔ انھوں نے فرمایا۔

"آنے دو۔ اگر اچھی نیت سے آیا ہے تو خیر، ورنہ اسی کی تلوار سے اس کا سر کاٹ دیا جائے گا۔"

میں نے یہ سُنا اور شرم کی ایک لہر تھی جو میرے سینہ میں تڑپ گئی۔ میں نے نفرت سے تلوار کی طرف دیکھا۔ میرے ہاتھ غیر شعوری طور پر تلوار کے دستے پر پڑے اور تلوار ایک عجیب روتی آواز سے میان سے باہر نکل آئی عین اسی وقت دروازہ کھلا اور میرے شعور پر پھر نیند سی طاری ہو گئی۔ میرے قدم خود بخود اٹھے اور میں آہستہ آہستہ دروازے میں سے ہوتا ہوا اندر چلا گیا ـــــــ تلوار ابھی تک میرے ہاتھ میں تھی لیکن مجھے اُس کی

موجودگی کا احساس تک نہ تھا۔

میں نے دیکھا ــــ صحابی دورویہ بیٹھے تھے۔ ان کے چہرے پر حیرت نے مہریں ثبت کر رکھی تھیں۔ وہ خاموش تھے گویا سناٹے میں آگئے ہیں اور اس کے بعد میری نظریں آہستہ آہستہ پھرتے پھرتے صدر تک پہنچ گئیں۔ یہاں ایک نور متمکن تھا ایک مجسم نور جس کی کشادہ پیشانی اور چمکدار آنکھوں میں نہ معلوم کیا تھا ــــ کیا قوت تھی ــــ کیا جلال تھا ــــ کہ میرا دل قیامت کی تیزی سے دھڑکا اور پھر ایکدم بند ہو گیا ــــ میں رسالت پناہی کے دربار میں شمشیر بکف حاضر ہوا تھا۔

سرورِ دو عالم اپنی جگہ سے اُٹھے اور مجھ بد نصیب کی طرف ابرِ کرم کی طرح جھوم کر بڑھے۔ ان کے چہرے پر اطمینان تھا ــــ ان کی آنکھوں میں اطمینان تھا۔ اور ان کے ہونٹوں پر ایک دلفریب مسکراہٹ کھیل رہی تھی ــــ میں دم بخود ان کی طرف تکتا رہا اور سیلابِ نور میری طرف بڑھتا رہا ــــ ــــ ــــ بڑھتا رہا۔ میرے مہمان! وہ نور میری طرف بڑھتا رہا ــــ میرے قریب آکر ٹھہر گیا۔ مجھے ایسا معلوم ہونے لگا کہ گویا آسمان کے سارے غرفے کھل گئے ہیں۔ اور کسی نے مجھے پکار کر کہا ہے۔

"ابن الخطاب! کس لئے آئے ہو؟"

اس آواز نے میرے روئیں روئیں میں ایک نئی زندگی بھر دی ــــ ایک نئی جوانی تھی جس کی لہروں نے مجھے اپنے کندھوں پر اٹھا کر اتنی بلندی پر پہنچا دیا تھا جہاں میرا سر گھومنے لگا ــــ میں نے بند ہوتی ہوئی آنکھوں

کے ساتھ فخرِ دو عالم کی طرف دیکھا۔ اس چہرے کے ہر ذرّے میں ایک پیغام تھا۔ مسرت کا، لامحدود اور بے کنار رحمت کا، ـــــ اس صبح کا جس کی شام نہیں ہوتی۔

یہ پیغام میں نے آنکھوں سے سُنا اور میرے گھٹنے خود بخود جھک گئے میری تلوار نہ معلوم کب اور کس وقت میرے ہاتھوں سے چھوٹ کر گر پڑی۔

میں دو زانو ہو کر کھڑا ہو گیا اور جس طرح صبح سے شام تک صحرا کی لق و دق وسعت میں بھٹکنے والا پیاسا ٹھنڈے اور میٹھے پانی سے بھری ہوئی چھاگل کی طرف ہاتھ بڑھاتا ہے اسی طرح میرے ہاتھوں نے لپک کر رحمۃ للعالمین کے ہاتھوں کو پکڑ لیا اور میرے ہونٹ جھک گئے ان ہاتھوں پر جن میں دنیاوی اور روحانی زندگی کی باگ ڈور تھی ـــــ ہاں میں نے ان کو بوسہ دیا اور میرے ہونٹوں نے بے اختیار ہو کر کہہ دیا۔

"یا رسول اللہ!"

میں کچھ اور بھی کہنا چاہتا تھا لیکن میری گھگھی بندھ گئی اور میری آنکھوں سے آنسوؤں کے چشمے اُبل پڑے۔

"اللہ اکبر!" رحمت دو عالم کی آواز سنائی دی۔ اور ساتھ ہی ایسا محسوس ہونے لگا کہ دنیا کے ہر ذرے نے یک زبان ہو کر "اللہ اکبر" کا نعرہ لگایا ہے ـــــ ایسا نعرہ جو دیر تک فضا میں گونجتا رہا۔

اور اس کے بعد معلوم ہے مجھ پر ابر کرم کس کس طرح جھک جھک کر برسا ہے۔ رسول پاکؐ نے مجھے کندھوں سے پکڑ کر اُٹھایا اور اپنے سینہ سے

لگالیا۔ ان کے ہاتھ میری پشت پر آہستہ آہستہ پھرے۔گویا افق پر سے پھوٹتی ہوئی آفتاب کی زریں کرنوں نے رات کی ساری تاریکیاں سمیٹ کر کسی نامعلوم جگہ دفن کردی ہیں ——گویا بادبہاری نے ببول کے تیز کانٹوں کو پھولوں میں بدل کر خارستان اور کاہستان کو نخلستان میں بدل دیا ہے۔

اور اس کے بعد کالی کملی والے کی جوش رقت سے لڑکھڑاتی ہوئی آواز نے کہا۔" ابن الخطاب! خدا تم پر اپنی رحمتوں کی بارش فرمائے۔کہو اشھدان لاالٰہ الا اللہ واشھدان محمد الرسول اللہ"

اور میں نے ایک دفعہ نہیں کئی دفعہ ان زندگی بخش الفاظ کو دُہرایا۔ دہراتا رہا —— دہراتا رہا —— اب بھی میرا جی چاہتا ہے کہ ان الفاظ کو دہراتا رہوں —— یہاں تک کہ میری روح ان الفاظ میں تحلیل ہوکر عرش کی طرف پرواز کرجائے۔"

قیدی

"میرے دوست اکثر طعنہ کے طور پر مجھ سے کہا کرتے ہیں کہ میں نے مکہ والوں پر گندم بند کر کے انھیں بھوکوں مارا۔ خدا کی مخلوق کو تکلیف دی۔ ظلم کیا — گناہ کیا — اور اپنے نامہ اعمال پر ایسا سیاہ دھبہ لگا دیا ہے جو مٹائے نہ مٹے گا۔ اور یہ زہر اتنی دفعہ میرے کانوں میں ٹپکایا گیا ہے کہ میں اکثر و بیشتر سوچنے لگتا ہوں کہ کیا واقعی میں نے ظلم کیا تھا؟ کیا حقیقتہً مجھے ایسا نہ کرنا چاہیے تھا؟ — لیکن یقین مانیے میں جب بھی اس موضوع پر سوچتا ہوں، میرا ضمیر یہی جواب دیتا ہے۔ ثمامہ! تم نے غلط نہیں کیا — ان لوگوں کے ساتھ ایسا ہی سلوک کرنا چاہیے تھا۔

اور آپ خود غور کیجیے! مکہ ہمارے ہادی و آقا محمد صلی اللہ علیہ وسلم کی جائے پیدائش ہے۔ ٹھیک ہے، اس میں خدا کا گھر ہے، ہمیں اس سے انکار نہیں۔ یہی وہ جگہ ہے جہاں ہمارے اب و جد حضرت ابراہیم اور حضرت اسمٰعیل نے آ کر قیام فرمایا۔ آمنا و صدقنا! لیکن کیا یہاں کے بدنصیب باشندوں نے اپنے آپ کو خدا کی رحمتوں کا امیدوار سمجھا؟ کیا مکہ کے رہنے والوں نے اس نعمت کو کھلے دل کے ساتھ قبول کیا جو انھیں دی گئی تھی؟ — نہیں!

اس کے جواب میں مکّہ کی سرزمین کا ایک ایک ذرہ پکار اُٹھے گا نہیں !۔نہیں نہیں!

ابوجہل جیسا سفاک، ظالم، بدخو اسی سرزمین کی پیداوار تھا —— اسلام کے پاؤں میں زہریلا نشتر بن کر چبھنے والا یہ کانٹا اسی خارستان میں پیدا ہوا تھا — آہ! مکّہ تو خوش نصیب ہے کہ تیرے سینہ پر خدا کا گھر بنایا گیا، تو خوش بخت ہے کہ خدا نے رحمۃ للعالمین جیسا درِیتیم تیری آغوش میں دے دیا — لیکن بدقسمت ہے تو کہ تو نے اپنے فرزند کو نہ پہچانا۔ تیرے باشندوں نے اسے طرح طرح کی تکلیفیں دیں۔ اسے گھر سے نکال باہر کیا۔ تیرے رہنے والوں نے اس پر انتہائی مظالم کئے۔ حتیٰ کہ پانی، اور کھانے کی تمام چیزیں بند کیں!

پھر کیا ان سب باتوں کے ہوتے ہوئے یہ کہنا درست ہے کہ میں نے مکّہ والوں پر گندم بند کر کے ان پر ظلم کیا ہے؟ کیا میرے دوستوں اور ہمچشموں کا یہ قول غلط نہیں کہ مکہ والوں پر غلہ بند کر دینا خدا کی مخلوق کو تکلیف پہنچانا تھا؟ اپنے لئے دوزخ خریدنا تھا؟ — آپ کا یہ نظریہ ہو تو ہو — میں اسے کسی طرح باور نہیں کر سکتا۔

میرا ضمیر اب بھی بڑی شان سے مجھے کہتا ہے کہ تو نے غلہ بند کر دیا ثمامہ! تجھے تو ناز ہونا چاہئے۔ کیونکہ تو نے ایک طرح سے اپنے آقا و مولا کا انتقام لیا —— اور انتقام لینا غلط نہیں — گناہ نہیں!

میں نہیں چاہتا تھا کہ یمامہ کی زمین میں اُگا ہوا ایک دانہ بھی ان منافقوں کے بدبخت معدوں میں جا کر غلیظ ہو —— میں نہیں چاہتا تھا؟

لیکن میں سرورِ کونین کے احکام سے سرتابی کی بھی جرأت نہ رکھتا تھا۔۔۔ حضور نے مجھے حکم دیا اور مجھے دوبارہ اپنی خواہش کے خلاف ان لوگوں کو غلہ دینا پڑا۔ میں نہیں چاہتا تھا، لیکن سرورِ عالم کے حکم نے مجھے مجبور کر دیا۔

ارے! آپ کو ابھی تک اس واقعہ کا علم نہیں ۔۔۔؟ یہی تو ایک واقعہ ہے جو میری زندگی کی معراج ہے۔

نجد کا زرخیز خطہ عرب کا سرسبز ترین علاقہ ہے گندم اور جو کی پیداوار جتنی اس علاقہ میں ہوتی ہے اور کہیں نہیں ہوتی۔ یہی وجہ ہے کہ عرب کے سارے قبیلے گندم اور جو کے لئے ہمارے محتاج رہتے ہیں۔ بالخصوص اہلِ مکہ۔ کیونکہ گندم اور جو کی قریب ترین منڈی نجد ہی ہے۔

ہمارا خاندان عرصے سے اس سرسبز علاقے پر بحیثیت سردارِ قوم کے حکمراں رہا اور گو ہم یمامہ کے رہنے والے ہیں تاہم نجد والے ہمارے قبیلہ اور بالخصوص ہمارے خاندان کے بچے بچے کی عزت کرنے میں اپنی عزت سمجھتے ہیں۔

لیکن بعض اوقات دولت، شہرت اور عزت یا دوسرے لفظوں میں دنیوی جاہ و جلال انسان کو بہت مہنگا پڑتا ہے ۔۔۔ بلکہ میں نے غلط کہا بعض اوقات کا کیا ذکر دنیوی جاہ و جلال ہمیشہ مہنگا پڑتا ہے۔ چند خوش نصیب ہی ہوتے ہیں جو اس زہر کے ہوتے ہوئے بھی اپنی روحانی عظمتوں اور قلبی صفائیوں کو برقرار رکھنے میں کامیاب ہوتے ہیں۔ میں بھی عام انسانوں کی طرح تھا۔ ہر وہ کمزوری جو ایک عام عرب میں پائی جاتی ہے مجھ میں بھی موجود تھی۔ میں نجد جیسے زرخیز علاقے کا رئیس تھا، گندم اور جو کے انبار در انبار میرے غلہ خانہ میں محفوظ تھے مجھے

اپنی قوت اور اپنی شان کا احساس تھا اور میں سمجھتا تھا کہ میری آنکھ کے اشارے پر ہزاروں آدمی بھوکوں مار دیئے جا سکتے ہیں۔ مکہ والوں پر گندم بند کر دینا درست تھا — لیکن یہ درست نہ تھا، مجھے اب محسوس ہوتا ہے کہ میں نے اپنی طاقت کا ہمیشہ غلط اندازہ کیا۔ میں وہ نہیں تھا جو اپنے کو سمجھتا تھا۔

لیکن جو شخص تاریکی میں بھٹک رہا ہو اس کے لئے قدم قدم پر ٹھوکریں کھانا، گرنا، اٹھنے کی کوشش کرنا، اور پھر گر پڑنا تعجب کی بات نہیں، اور نہ اس پر استہزا یا طعن کیا جا سکتا ہے۔ اندھیرے میں بھٹکنے والے اکثر ٹھوکریں کھایا کرتے ہیں۔ اگر میں قدم قدم پر ٹھوکر کھا رہا تھا تو یہ کوئی عجیب بات نہ تھی۔ میں نے ٹھوکر کھائی مغرور ہو گیا۔ اپنے آپ کو عرب کا رازق سمجھنے لگا — خدا میرے اس گناہ کو معاف کرے!

اس کانٹے کی کسک تو منطق کی دھیمی دھیمی تھپکیوں سے قدرے سو بھی جاتی ہے۔ لیکن وہ خنجر جو خود میں نے اپنے جگر میں بھونک لیا تھا مجھے چین نہیں لینے دیتا۔ میں بہت ڈرتا ہوں روز حساب سے! — اور اکثر سوچا کرتا ہوں کہ جب — جب اسرافیل صور پھونکیں گے — جب اس کی آواز سے قبروں کے مردے جاگ اٹھیں گے! — میدان حشر برپا ہو گا، اور فرشتے میرا نامۂ اعمال پڑھینگے — اور جب فرشتوں کی زبان سے نکلے گا کہ ثمامہ ابن اثال! خدا نے تجھے سرداری دی، خدا نے تیرے جسد خاکی میں جان ڈالی! وہ خدا ہی کا ہاتھ تھا جس نے تجھے ہم چشموں میں عزت عطا کی، وہ خدا کی دین تھی جسے تو اپنی طاقت سمجھا، اور تجھے! — بدنصیب شخص! — تجھے چاہیئے تھا کہ تو اپنے

خدا کے سامنے سر نیاز جھکائے۔ اسی کے سامنے گڑ گڑ گڑ گڑائے اور اپنی عبودیت کا اقرار کرے۔ لیکن تو نے کیا کیا؟ ــــ تو نے خدا کی دی ہوئی نعمتوں کو کس بیدردی سے پامال کیا۔ تو نے اپنے آپ کو کیا سمجھا؟ ــــ اور ــــ اور بدنصیب! جب فاران کی چوٹیوں پر نور چمکا۔ جب دنیا کے ظلمت کدے کو آفتاب تازہ کی زریں کرنوں سے نوازا گیا تو تو نے کیا کیا؟ ــــ جب خدا نے تیری رہبری کے لئے! ــــ تیری ہدایت کے لئے اپنے ایک منتخب بندے کو بھیجا، اور اس کی زبان سے اپنا پاک کلام جاری فرمایا۔ اور اپنے اسرار ظاہر فرمائے! ــ جب تیرے جیسے ایک انسان کی زبان سے خدا کے احکام سنائے گئے، تو تو نے ان احکام کا کس طریقے سے مضحکہ اُڑایا؟ ــــ تو نے اس شخص کو جو خدا کے سچے کلام کا سچا ناشر تھا، کس طرح حقیر جانا، اور کس طرح اس سے نفرت کا اظہار کیا ــــ؟ آہ! جب فرشتے ان تمام لغویات کو پڑھ کر سنائیں گے جو میری منحوس زبان نے سرور دو عالم کی شان میں کہیں ــــ جب فرشتے ان تمام اعمال کا حساب کریں گے جو مجھ سے ظاہر ہوئے تو میرا کیا حشر ہوگا؟ ــــ اس خیال کے آتے ہی میرے رونگٹے کھڑے ہو جاتے ہیں ــــ یقین جانئے میرے جسم میں کپکپی کی ایک سرد لہر دوڑ جاتی ہے اور میرا جی چاہتا ہے کہ سر پیٹ کر گھر سے بھاگ جاؤں، اور یمامہ و مکہ کے درمیان، صحرا کی لامحدود وسعتوں میں دیوانوں کی طرح چکر لگاتا رہوں! ــــ معافی مانگتا رہوں ــــ بھاگتا رہوں اور اپنے گناہوں پر روتا رہوں۔ تاآنکہ خدا ــــ میرا خدا ــــ مجھ سے خوش ہو کر ــــ مجھے اپنی رحمتوں میں جذب کر لے۔

لیکن جب میرا دماغی توازن مجھے ان خوفناک وادیوں کی طرف لیجاتا ہے تو ایک غیر مرئی آواز میری قلب کی گہرائیوں سے نکلتی ہے۔ یہ آواز میری آواز سے بہت مشابہ ہوتی ہے۔ میرے قریب بیٹھنے والے اس آواز کو نہیں سُن سکتے۔ لیکن میرے کان، میرا دماغ، میری روح —— میری ساری کائنات اس آواز سے گونج اٹھتی ہے۔ اور میرا دل خوشی سے ناچنے لگتا ہے۔ وہ کہتا ہے "ثمامہ! تجھے حیران ہونے کی ضرورت نہیں۔ تونے ایام جاہلیت میں گناہ کیے —— بچہ ہاتھ آگ میں ڈال دے تو اس کا قصور نہیں ہوتا ابن آثال! اس کے زخم جلدی بھر آتے ہیں —— تو خوش نصیب ہے کہ تونے اپنی زندگی میں اس نور مجسم کے دیدار سے اپنی آنکھیں روشن کیں جو اس دنیا کا واحد ہادی ہے!"

اور یہ آواز میرے دل سے خوف وہراس کی تمام تاریکیاں دھو ڈالتی ہے۔ میری نگاہوں کے سامنے وہ منظر آجاتا ہے جب قدرت کے غیر مرئی ہاتھوں نے مجھے میری مرضی کے خلاف دھکیل کر اس جنت میں پہنچا دیا جس کے لئے میری روح بیچین تھی۔

ہاں وہ جنت! —— رسول مقبول سیدنا محمد صلی اللہ علیہ وسلم کی میٹھی میٹھی چھوٹی چھوٹی مسکراہٹ میں کروٹیں لیتی ہوئی جنت۔ ان کالی کالی پلکوں میں سے جھانکتی ہوئی وہ روحانی معراج! —— اس پھٹی ہوئی سی کملی میں لپٹی ہوئی دنیا ودین کی وہ بے پناہ اور بے حساب دولت! —— مجھے قدرت کے ہاتھوں نے زبردستی اس دولت کے پاس پہنچا دیا۔ جس طرح ایک الھڑ ضدی بچے کے

خیر اندیش والدین اس کی صحت درست کرنے اور اسے بیماری سے نجات دلوانے کے لئے دوا پلانے میں زبردستی اور جبر سے کام لیتے ہیں۔ اسی طرح مجھے روحانی تاریکیوں سے نجات دلانے کے لئے رحیم و کریم قدرت نے زبردستی نور کے اس ابلتے ہوئے چشمے کے کنارے پہنچا دیا جس کو عرفِ عام میں مسجد نبوی کہتے ہیں۔

وہ بھی عجیب منظر تھا۔ جب مجھے وہ دن یاد آتا ہے تو ہنسی بھی آتی ہے اور رونا بھی۔ اور اس کے ساتھ ہی ساتھ میں اپنی روح میں ایک عجیب قسم کی بالیدگی محسوس کرنے لگتا ہوں —— کیسا عجیب دن تھا اور کیسا عجیب تر واقعہ! —— اللہ اللہ! جب قدرت کسی کو ہدایت دینا چاہتی ہے تو اس کے لئے کیا کیا سامان مہیا ہو جاتے ہیں۔

میں گھر سے احرام باندھنے کی نیت سے نکلا تھا۔ ارادہ تھا کہ مکہ میں کچھ تجارتی باتیں بھی طے ہو جائیں گی۔ اور ساتھ ہی ساتھ عمرہ کا فریضہ بھی پورا ہو جائیگا۔

لیکن ابھی رستے ہی میں تھا کہ مسلمانوں کی ایک جماعت مل گئی۔ اس وقت میں مسلمانوں کا شدید ترین دشمن تھا۔ مجھے ان لوگوں کی صورت سے بھی نفرت تھی کچھ اپنی امارت اور دولت کا غرور —— کچھ ناز برداری کرتے ہوئے آگے پیچھے پھرنے والے غلاموں نے میرا دماغ خراب کر رکھا تھا۔ اور سب سے بڑھ کر مکہ سے آنے جانے والوں نے مجھے مسلمانوں اور ہادیِ اسلام کا دشمن بنا رکھا تھا۔ میں سمجھتا تھا کہ یہ لوگ اپنے ہی نہیں اپنے آبا و اجداد کے دشمن ہو رہے ہیں —— بغاوت کر رہے ہیں، اپنے لاتعداد خداؤں کے خلاف، اپنی آدمیت کے خلاف! اور

ان کو کچل دینا — پیس ڈالنا — مار دینا — ہر صحیح النسب عرب کا فرض ہے اور میں اپنے کو تمام عربوں کا سردار سمجھتا تھا۔ میں سمجھتا تھا کہ اگر میں گندم بھیجنا بند کر دوں تو سارا عرب فاقے سے مر جائے گا۔ اس لئے میں صحیح معنوں میں سارے عرب کا سردار ہوں۔ اور مجھے حق پہنچتا ہے کہ میں ان باغیوں کو ملیا میٹ کر دوں۔ صرف یہی نہیں بلکہ اس کمزور اور مرنجاں مرنج گروہ کو دیکھ کر مجھے معاً اپنی بے حساب قوتوں کا خیال آ گیا اور میں نے تہیہ کر لیا کہ ان لوگوں کو زندہ نہ جانے دونگا۔

اس خیال کے آتے ہی — لیکن نہیں! اس کے بیان کی جرأت نہیں ہے مجھ میں — میں نہ بتاؤنگا کہ میں نے کیا کیا — البتہ اتنا کہہ سکتا ہوں کہ جو کچھ بھی میں نے کیا۔ وہ یقیناً اس قابل تھا کہ اگر یہ گروہ مجھ پر غالب آ جائے تو میری تکہ بوٹی اڑا دی جائے۔ اتنا بھیانک گناہ —! اتنا خوفناک جرم! — میرے خدا! کیا یہ بھی معاف کر دیا جائے گا؟ کیا اس کی پاداش بھی مجھے نہ ملے گی؟ مجھے اس کی امید نہیں —!

لیکن امید ہی نہیں، یقین ہے کہ مجھے معاف کر دیا جائے گا — میری ساری لغزشوں پر پردہ ڈال دیا جائے گا — ہاں میرے اس سنگین ترین گناہ اور بھیانک ترین جرم پر رحمتہ للعالمین نے پردہ ڈال دیا تھا! — کسی کو کانوں کان خبر تک نہ ہونے دی تھی! — پھر کوئی وجہ نظر نہیں آتی کہ روز حساب بھی مجھے معاف نہ کیا جائے۔ ضرور معاف کیا جائیگا۔ ضرور۔ با

میرا خیال تھا کہ کمزور آدمیوں کا یہ مختصر سا گروہ میرے غرور اور میرے

رعب کے سامنے پگھل جائے گا — میری قوت ان کی جسمانی کمزوریوں پر غلبہ پالے گی۔ لیکن ایسا نہ ہو سکا۔ یہ بظاہر کمزور سے لوگ غضب کے انسان تھے، ان کی رگوں میں بجلی تھی — ان کی ٹوٹی ہوئی تلواروں اور شکستہ نیزوں میں موت تھی — انھوں نے مجھے پکڑ لیا — مجھے! — نجد کے سردار — گندم کی ساری منڈیوں کے خود مختار حاکم کو، چند فاقہ کش انسانوں نے قید کر لیا اور اپنے گھوڑوں پر باندھ کر لے چلے۔

یہ گرفتاری نہ تھی، ذلت تھی — میں چاہتا تھا کہ یہ لوگ مجھے قتل کر دیں لیکن میرے سب سے بڑے دشمن کے سامنے مجھے ذلیل ہونے کے لئے نہ لے جائیں اس لئے — اس لئے میں نے انھیں طرح طرح کے لالچ دیئے۔ گندم اور جو کے انبار در انبار دینے کے وعدے کئے۔ مگر توبہ کیجئے! ان کے فولادی دل میرے ان وعدوں کی آگ سے نہ پگھل سکے۔ اور آخر مجھے وہاں لیجایا گیا جہاں میں نہ جانا چاہتا تھا۔

مدینہ میں ایک چھوٹی سی کچی اینٹوں کی بنی ہوئی پست چہار دیواری، اور اس پر کھجور کے پتوں کی چھت! — اس عمارت کو یہ لوگ مسجد نبوی کا نام دیتے تھے۔ اور اب تو میں بھی دعوی کے ساتھ کہہ سکتا ہوں کہ یہی وہ جگہ ہے جہاں سے روحانی و دنیوی خزانے مفت تقسیم کئے جاتے ہیں۔ لیکن اس وقت میری آنکھوں پر غرور کی پٹی بندھی ہوئی تھی۔ میں اندھا تھا — میں اپنے مالک — اپنے ہادی — اپنے مولا کو پہچاننے سے قاصر تھا — میں رحمتوں کی اس سرزمین کو اذیتوں کی دوزخ سمجھتا تھا۔ زمین پر اتری ہوئی اس جنت

کو قید خانہ جانتا تھا۔ اس لئے میں نے زور مارا۔ جس طرح بیمارا دنٹ دوا پینے وقت۔ اپنے پیارا ایسے جسم کی ساری طاقتوں کو اپنی گردن میں مجتمع کرکے اپنے مہربان آقا کو جھٹکے پر جھٹکے دیتا ہے ــــ اسے کاٹ لینے کو دوڑتا ہے! اسی طرح میں نے بھی روحانی طبیبوں کے اس گروہ سے مخلصی حاصل کرنے کے لئے زور مارا ــــ دیوانے کی طرح بھاگنے کی کوشش کی۔ لیکن جنہیں میں کمزور سمجھتا تھا وہ شہزور ثابت ہوئے ــــ اور انھوں نے مجھے پکڑ کر مسجد کے ستون سے باندھ دیا۔

وہ زمانہ جب مجھے یاد آتا ہے تو میرے رونگٹے کھڑے ہو جاتے ہیں۔ وہ گالیاں جو میں نے بکیں، اور وہ دھمکیاں جو میں نے ان لوگوں کو دیں میرے کانوں میں گونج اٹھتی ہیں، اور مجھے خود اپنی ذات سے شرم محسوس ہونے لگتی ہے۔ لیکن اب پچھتانے سے کیا ہوتا ہے۔ جو ہونا تھا ہو گیا۔ خدا کا شکر ہے کہ اب مجھے ہوش آ گیا ہے۔ صبح کا بھولا شام ہی کو گھر لوٹ آیا ہے۔ اب اسے بھولا کہنا غلطی ہے۔

میں ستون سے بندھا زور مارتا رہا۔ موٹی موٹی رسیاں جو میرے جسم سے لپٹی ہوئی تھیں، مجھ سے کم ڈھیٹ نہ تھیں۔ وہ میری طاقت آزمائیوں کے سامنے سرنگوں تو کیا ہوتیں، الٹی جسم میں پیوست ہوتی رہیں اور آخر میں اس فضول کوشش سے اکتا گیا۔ تکان نے آہستہ آہستہ میرے جوڑ بند ڈھیلے کر دیئے اور میں نڈھال سا ہو گیا۔

جب جسم تھک جاتا ہے تو دماغ اپنا صحیح کام شروع کرتا ہے۔ میرے جسم کے

تھک جانے کے بعد میرے دماغ نے بھی صحیح طریقے سے کام کرنا شروع کر دیا۔ اور میں سوچنے لگا — میرا دل مجھ سے کہنے لگا۔ "ثمامہ! تو نے یہ کیا غضب کیا اتنا بڑا جرم — ! اور اب جس کے خلاف جرم کیا تھا، اسی کی قید میں ہے۔ اب تجھے کون چھڑائے گا؟ تیرے قبیلے والے بھی قریب نہیں جو تیری مدد کو آئیں تیرے خاندان والوں کو تیری موت ہی کی خبر پہنچ سکتی ہے۔ اور جب تو مر چکا ہوگا۔ اس وقت اگر تیرے قبیلہ اور خاندان والے غصے سے بھبوکا ہو کر تلواریں سونت کر اٹھ بھی کھڑے ہوئے اور مسلمانوں سے تیرے خون کا بدلہ انھوں نے لے بھی لیا تو اس سے تجھے کیا؟ تو تو مر چکا ہوگا، اور تیری روح الّو بن کر یمامہ کے قبرستان کی ایک ایک قبر پہ سر پھوڑنے کے سوا اور کر بھی کیا سکے گی —؟ ثمامہ! تو نے انتہائی جلد بازی سے کام لیا۔ تجھے ایسا نہ چاہیے تھا۔"

ان خیالات کے آتے ہی میرے جسم کا رواں رواں خوف کی شدت سے کانپ اٹھا۔ میری موت، میری آنکھوں کے سامنے مجسم ہو کر آ گئی، اور میں سر سے پاؤں تک لرز اٹھا۔ میرا جرم یقیناً اس قابل تھا کہ مجھے کتے کی موت مارا جاتا، اور میرے جسم کو مدینے کی فضا میں منڈلانے والی بھوکی چیلوں کے حوالے کر دیا جاتا۔ اس خیال کے آتے ہی میں یہاں سے بھاگ نکلنے کی فکر میں محو ہو گیا۔

میں نے اپنے چاروں طرف نگاہ ڈالی۔ مسلمان مسجد میں ادھر ادھر بیٹھے تھے۔ ان سب کے منہ کعبہ کی طرف تھے۔ اور یہ لوگ خاموش بیٹھے ہونٹوں ہی ہونٹوں میں کچھ بڑبڑا رہے تھے۔ کسی کی آنکھ میری طرف نہ تھی۔ سب اس بے نیازی سے بیٹھے تھے گویا ستون کے ساتھ کوئی آدمی نہیں بندھا ہوا ہے بلکہ رسّی لٹک

رہی ہے جو بھاگ جانے یا بچ نکلنے کی کوشش کر ہی نہیں سکتی۔ جسے آزادی کی تمنا نہیں، جسے موت کا خوف نہیں، جو زندگی چاہتی ہی نہیں۔ لٹکادی! بس لٹکی رہی۔ اس کے متعلق تشویش کی ضرورت نہیں۔

میں نے مسلمانوں کی اس بے پروائی اور بے تعلقی کو غنیمت جانا اور پوری طاقت خرچ کر کے جسم کو اینٹھایا۔ لیکن ظالم رسی میرے گول گول بازوؤں میں چبھنے کے سوا ٹس سے مس نہ ہوئی۔ میں نے ایک دفعہ اپنی پوری طاقت خرچ کر کے پھر زور مارا۔ لیکن توبہ! اس نے تو ہلنے کا نام ہی نہ لیا۔ البتہ کمزور ستون کانپ اٹھا۔ اور اس کے ساتھ ہی کھجور کے پتوں کی چھت میں ہلکی سی کھڑکھڑاہٹ پیدا ہوگئی ـــــ یہ کھڑکھڑاہٹ اگرچہ انتہائی دھیمی اور بالکل معمولی تھی اور مسجد میں بیٹھے ہوئے لوگوں میں سے کسی نے بھی اسے محسوس نہ کیا لیکن مجھے ایسا نظر آیا کہ چھت کی یہ آواز ان کی محویت توڑ ڈالے گی اور یہ سب تلواریں کھینچ کر مجھ پر ٹوٹ پڑیں گے۔

لیکن ان میں سے کسی نے بھی جنبش نہ کی۔ سب اسی محویت کے ساتھ بیٹھے رہے۔ ڈوبتے ہوئے سورج کی آخری کرنیں اگرچہ خاصی دھیمی پڑ چکی تھیں لیکن ان میں اب بھی کافی سے زیادہ حدت تھی۔ یہ لوہے کی گرم گرم سلاخیں چھت کے رخنوں میں سے ہوتی ہوئی سیدھی میری آنکھوں میں ڈوبنے لگیں۔ میں نے کچھ دیر تو انھیں برداشت کیا۔ سر گھما گھما کر اس سزا سے بچنے کی کوشش کی۔ لیکن بچ نہ سکا۔ کرنیں صحرائے عرب کی ساری حدت، ساری تیزی اور ساری غضبناکیوں کو میری آنکھوں میں گاڑ دینا چاہتی تھیں۔ میں بلبلا اٹھا،

مجھے اتنی سخت تکلیف ہونے لگی کہ میں بیچین ہو گیا۔ ایسا محسوس ہونے لگا کہ یہ ان تکلیفوں کی تمہید ہے جو مجھے دی جائینگی۔ اور معاً مجھے اپنا جرم یاد آ گیا ـــ ٹھیک ہے! ـــ ایسے بھیانک مجرم کو کون معاف کریگا؟ ـــ ایسا سنگین ظلم کرنے والے کو عرب کے کسی قانون نے آج تک معاف نہیں کیا ـــ تو پھر مجھے کون چھوڑ دے گا؟

دفعتہً حجرے کا پردہ اُٹھا۔ اور ایک ہلکی سی لیکن پرزور آواز نے پکارا "السّلام علیکم!" میں نے چونک کر دیکھا۔ کشادہ پیشانی۔ گندمی رنگت اور اس پر کھلی ہوئی بھری بھری ڈاڑھی۔ جس کے کچھ بال سفید تھے اور سیاہ۔ نہایت موزوں میانہ قد۔ گٹھا ہوا مضبوط جسم۔ چوڑا چکلا سینہ۔ مضبوط دست وبازو اور پتلے پتلے ہونٹوں پہ کانپتی ہوئی ہلکی سی مسکراہٹ! ـــ محمد صلی اللہ علیہ وسلم کی صورت میں ایک عجیب حسن، ایک عجیب جلال، ایک عجیب روحانی کشش تھی۔ وہ باہر تشریف لائے اور مسجد میں بیٹھے ہوئے سب لوگ دفعتہً کھڑے ہو گئے۔ مسجد میں "وعلیکم السّلام یا رسول اللہ" کا غلغلہ بلند ہوا۔ لوگوں نے لپک لپک کر نبی کریم صلی اللہ علیہ وسلم کے ہاتھوں کو بوسے دیئے ـــ کئی تو ایسے بھی تھے جنھوں نے اس پھٹی ہوئی کملی کو پکڑ کر آنکھوں سے لگا لیا جس کی قیمت نصف دینار سے بھی کم ہو گی۔ نہ معلوم ان لوگوں کو اس کملی میں کیا دکھائی دیتا تھا ہم ـــ لیکن اب میں بتا سکتا ہوں، اس کملی میں کیا تھا؟ اس کملی میں دین تھا۔ دنیا تھی۔ آخرت تھی ـــ سب کچھ تھا!

لیکن اس وقت محمد صلی اللہ علیہ وسلم کی صورت دیکھ کر میرے ذہن میں

ایک کپکپی سی دوڑ گئی۔ میں نے سمجھ لیا کہ یہ مسکراتا ہوا چہرہ مجھے دیکھتے ہی غصے سے سُرخ ہو جائے گا۔ یہ مضبوط دست و بازو غیظ و غضب کی شدت سے کانپ اٹھیں گے۔ یہ شیریں گفتار زبان۔ جس سے نکلے ہوئے "السلام علیکم" کے دیئے الفاظ نے مسجد میں زندگی کی لہریں دوڑا دی ہیں، غضبناک ہو کر پکار اُٹھیگی اور میری زندگی کا خاتمہ کر دیا جائے گا۔

مجھے یقین تھا کہ میرے جرائم اتنے سنگین ہیں کہ انھیں مزید شہادت یا پوچھ گچھ کی ضرورت ہی نہیں۔ ضرورت تو صرف اس بات کی ہے کہ حکم دے دیا جائے اور میرا سر جسم سے جدا کر دیا جائے۔ اس لئے آنحضرت صلعم کے رخ پر نور کی طرف دیکھتے ہی پہلے تو میرے رونگٹے کھڑے ہو گئے دل زور زور سے دھڑکنے لگا ـــ لیکن پھر ـــ آہ جب آدمی مایوس ہو جاتا ہے تو کتنا دلیر ہو جاتا ہے۔ مایوسی میں بھی ایک عجیب قوت ہے ـــ اسی مایوسی نے مجھے دلیر کر دیا۔ میں نے سوچ لیا کہ مرنا تو ہے ہی، محمد اتنے نرم دل نہیں ہو سکتے کہ مجھ ایسے مجرم کو بھی وہ بخش دیں۔ قتل تو وہ مجھے ضرور کرا دینگے۔ پھر کیا وجہ ہے کہ میں ڈروں اور اپنی کمزوری کا اظہار کروں۔ بہتر یہی ہوگا کہ میں اس اٹل موت کا مقابلہ بہادری کے ساتھ کروں، اور محمد پر ثابت کر دوں کہ اگر میں ان کی قید میں ہوں تو یہ قسمت کی بات ہے۔ میں ڈرا نہیں ـــ بزدل نہیں ہوں!!

اس خیال کے آتے ہی مجھے کچھ ڈھارس سی بندھ گئی، اور دل کی تیز رفتار قدرے دھیمی پڑ گئی۔ میں نے اپنے آپ کو مضبوط کر لیا اور ماتھے پر تیوری چڑھا کر مُنہ نفرت کے ساتھ دوسری طرف پھیر لیا۔

سیدنا محمدؐ میری طرف بڑھے ــــ رحمت اپنے جلو میں ہزاروں مسکراہٹیں لئے ایک گنہگار مجرم کی طرف بڑھی، اور میرے قریب سے ایک شیریں آواز آئی۔

"ثمامہ! ــــ کیا حال ہیں؟"

یہ شیریں آواز ــــ یہ موسیقی سے لبریز میٹھی دھیمی آواز جو پھٹے ہوئے دلوں پر شبنم کا سا اثر رکھتی ہے، میرے غیظ و غضب کو چونکا کر بیدار کر گئی۔ مجھے غصّہ آگیا۔ اس بات پر نہیں کہ مجھے ثمامہ کہہ کر کیوں پکارا گیا ہے ــــ؟ اس بات پر نہیں کہ میرا قید کرنے والا مجھ قیدی سے حال کیوں پوچھ رہا ہے؟ بلکہ اس بات پر کہ مجھ سے نرمی کیوں برتی جا رہی ہے۔ کیوں دفعتہً یہ حکم نہیں دیدیا گیا ــــ "گردن اڑا دو اس باغی کی ــــ کاٹ ڈالو اس مجرم کی بوٹی بوٹی!" اگر یہ حکم دیا جاتا تو شاید مجھے غصّہ کے بجائے خوف ہو جاتا۔ لیکن اس دھیمی سی نرم آواز نے مجھے چونکا دیا اور میں نے پلٹ کر نفرت سے دیکھا۔

آہ! ــــ میری آنکھیں ــــ سرورِ کونین کی آنکھوں میں گڑ گئیں۔ میری بے حجاب آنکھوں نے ان کالی کالی، بڑی بڑی آنکھوں میں دیکھا۔ جن کی گہرائی میں ایک عظیم الشان، فقید المثال روح جھلک رہی تھی۔ اور دفعتہً مجھے ایسا محسوس ہوا کہ میرا دل جو غصّے اور غرور کے زور پر سات آسمانوں کی بلندیوں تک بلند ہو گیا تھا، پاتال کی گہرائیوں میں ڈوب کر رہ گیا ہے۔ وہ غصّہ، وہ شورش، وہ جنون، جو ایک لمحہ پہلے میری رگوں میں بجلیاں بھر رہا تھا۔ نہ معلوم کس کنوئیں میں ڈوب مرا اور اس کی جگہ ایک لرزش نے لے لی۔ ایک ہلکی سی تھرتھری، جو میرے دل کے کسی نامعلوم گوشے میں پیدا ہوئی اور چشم زدن

ہیں میرے جسم کے روئیں روئیں میں سما گئی۔ اور میرا شعور، میری ذات اسی نظر تیری میں تحلیل ہو گئی۔ میں گویا چند لمحوں کیلئے سو گیا، اور جب بیدار ہوا ـــ جب میری آنکھیں دوبارہ کھلیں تو مجھے ایسا محسوس ہونے لگا کہ میری آنکھیں کسی نامعلوم شوقِ تجسس کے زیر اثر ان کالی کالی آنکھوں کی گہرائیوں میں چھپی ہوئی کسی اپنی چیز کو پہچاننے کی کوشش کر رہی ہیں ـــ گویا میری آنکھوں کا کوئی قیمتی خزانہ کھو گیا تھا، اور وہ ان آنکھوں میں دیر کے بعد انھوں نے دیکھا اور اب اسے پہچاننے کے لئے اپنی ساری قوت خرچ کر رہی ہیں۔

اور میری بد نصیبی! کہ میں اس وقت بھی اس جذبۂ تجسّس کو نہ سمجھ سکا۔ میں نہ جان سکا کہ میری آنکھیں جو کچھ ڈھونڈ رہی ہیں، وہ وہی ہے جسے میری روح، میرا دل ـــ میری ساری کائنات روزِ ازل سے ڈھونڈتی آئی ہے۔ وہ وہی خزانہ ہے جو میں قدرت سے امانت کے طور پر لے کر چلا تھا۔ اسی کے متعلق اس دنیا میں آنے سے پہلے میں نے وعدہ کیا تھا کہ میں اسے سنبھال کر رکھونگا۔ اور جب واپس آؤنگا تو اس میں اگر اضافہ نہ کر سکا تو کم از کم اسی صورت میں اپنے ساتھ واپس لے آؤنگا ـــ لیکن اس دنیا میں آکر میں نے اس خزانے کو کھو دیا۔ اس رہزن دنیا کی تاریکیوں اور جہالتوں نے مجھ سے میرے ایمان کا خزانہ چھین لیا۔ اور اب ان آنکھوں کی گہرائیاں اسی خزانے کی یاد دلا رہی ہیں مجھے! اسی طرف بلا رہی ہیں، اور میری آنکھیں اپنی اس چیز کو یاد کرنے کی کوشش بھی کر رہی ہیں۔ آہ! لیکن میری بد نصیبی کہ میں خود اپنے آپ کو ایسا بھول چکا تھا، کہ اپنے روح کے اس تجسّس کو جو آنکھوں کی زبان سے ظاہر ہو رہا تھا

اپنی کمزوری سمجھا۔ میں نے سمجھا کہ محمدؐ کا وہ مشہور جادو جس کی گواہی کفارِ مکہ کا بچہ بچہ دیا کرتا ہے میرے کمزور دل و دماغ میں اپنے پنجے گاڑ رہا ہے اور میں نے اس جادو کے خلاف احتجاج کیا۔ میں نے اپنے سر کو بجبر جھٹکا دیا اور بناوٹی نفرت کا بھونڈا سا اظہار کرتے ہوئے منہ دوسری طرف پھیر لیا۔

میری اس حرکت سے رحمۃ للعالمین کے ہونٹوں پر ایک لطیف مسکراہٹ چھاگئی اور انھوں نے دوبارہ استفسار فرمایا۔

"ثمامہ! — کیا حال ہیں؟"

میں نے پھر ان کی طرف دیکھا۔ لیکن اس دفعہ مجھ میں ان آنکھوں میں آنکھیں ڈال دینے کی قوت نہ تھی۔ میں اب سمجھا کہ پہلی دفعہ سر کو جھٹک کر دوسری طرف پھیر دینا اذیت کی بنا پر نہیں تھا۔ بلکہ کمزوری کی بنا پر تھا۔ میں روحانی جلال کی اس ابلتے ہوئے چشمے کی طرف نظر بھر کر دیکھنے کی طاقت نہیں رکھتا تھا۔ اس کی وجہ ظاہر تھی۔ اس دفعہ جب میں نے ان آنکھوں میں دوبارہ اپنی آنکھیں گاڑ دینے کی کوشش کی تو کامیاب نہ ہو سکا۔ مجھے ایسا محسوس ہوا کہ کوئی غیر مرئی طاقت ہے جو مجھے سر جھکا دینے پر مجبور کر رہی ہے — جو میری آنکھوں کو کھینچ کر زمین کے ساتھ سی دینے پر ادھار کھائے بیٹھی ہے۔ لیکن میرا غرور اس جبر اور اس زبردستی کو برداشت نہیں کر سکتا تھا۔ اس لئے میں نے زبردستی اپنی آنکھوں کو ان پر جلال آنکھوں کی گہرائیوں میں پیوست کر دیا۔

سرورِ عالم کے ہونٹوں پر ایک شیریں مسکراہٹ کھیل گئی اور انھوں نے مسکراتے ہوئے پوچھا۔ "کیا حال ہیں ثمامہ!"

اف! یہ مسکراہٹ اور یہ دھیمی سی آواز۔ اس نے قیامت ڈھا دی، میرے سرپہ وہ آنکھیں پہلے ہی کیا کم تھیں جو ان کے ساتھ ان کی کمک بھی پہنچ گئی اور میں مجبور ہوگیا۔۔۔ بالکل مجبور۔۔۔ میری آنکھیں آہستہ آہستہ جھک گئیں۔

لیکن میں نے پھر ہمت کی۔۔۔ سر اٹھا کر سامنے دیوار کی طرف دیکھتے ہوئے کہا۔ "آپ کو میرے حال سے کیا غرض؟ میرا حال اچھا ہی ہے۔۔۔ میں ایک قیدی ہوں۔۔۔ آپ کے آدمیوں نے مجھے قید کرلیا ہے۔۔۔ اس لئے میں یہاں کھڑا ہوں اگر قتل کرنا چاہیں تو مجھے اس بارے میں کچھ نہیں کہنا ہے۔ کیونکہ خونی کے لئے قتل کے سوا اور کوئی حکم ہو ہی نہیں سکتا۔ اور اگر زر و مال کے عوض جان بخشی کی جاسکتی ہو تو میں وعدہ کرتا ہوں کہ سلسلے مدینہ کو گیہوں سے بھردونگا۔ اتنا زر دونگا کہ کم از کم آپ ساری عمر کسی کے محتاج نہ ہوسکیں گے۔"

میرا جواب سن کر حضور کے لب مبارک میں جنبش ہوئی۔ آپ آہستہ سے مسکرادیئے اور واپس تشریف لے گئے اس روز میرے لئے کوئی حکم جاری نہ ہوا۔

میں حیران تھا کہ آخر ماجرا کیا ہے؟۔۔۔ کیوں میرا فیصلہ نہیں کیا گیا؟ مجھ جیسے خونی مجرم کو کیوں مہلت دی گئی ہے؟ اور کیوں میری گردن پر میرا سر ابھی تک موجود ہے؟ عرب میں کوئی قبیلہ ایسا نہیں جو اپنے دشمن پر غلبہ حاصل کرنے کے بعد اسے چند لمحے بھی سانس لینے کی اجازت دے۔۔۔ اور تو اور گرد و نواح کے تمام ممالک کی خبریں اکثر آیا ہی کرتی ہیں۔ میں نے آج تک یہ نہیں سُنا تھا کہ کسی بادشاہ یا کسی تاجدار نے میرے ایسے جرم کرنے والے کو چند لمحوں کی بھی مہلت دی ہو؟ فوراً سر اڑا نے کا حکم ہوجایا کرتا ہے۔ لیکن یہ دنیا ہی نئی تھی۔۔۔

یہاں کا قانون عرب کے سارے قوانین سے جدا تھا۔ یہاں کا سردار اپنی مثال آپ ہی تھا۔ جس نے مجھ جیسے دشمن کو بھی مہلت دے دی، جو اس کے نام سے جلتا تھا۔ جس نے مجھ ایسے سفاک مجرم کو سانس لینے کی اجازت دیدی جو اس کے آدمیوں میں سے ایک ایک فرد کے خون کا پیاسا تھا۔ اور جس کے بینے نے۔ آہ! باعث تکوین دو عالم منبر کی طرف تشریف لے گئے اور صدر پہ بیٹھ گئے لوگوں کا تانتا بندھ گیا۔ اور دم کے دم میں مسجد میں تل دھرنے کی جگہ نہ رہی جو بھی آتا تھا، پہلے مجھے سر سے پاؤں تک دیکھتا تھا۔ آنکھوں ہی آنکھوں میں کچھ اشارے ہوتے اور پھر باادب ہو کر دو زانو ایک طرف بیٹھ جاتا۔ میں یہ منظر دیکھ رہا تھا، اور دل ہی دل میں سوچ رہا تھا۔ کیسا عجیب دربار ہے اور اس سے بھی زیادہ حیرت انگیز سردار — جس کی رعیت اس کا اتنا ادب لحاظ کرتی ہے۔ کوئی پاؤں پسار کر نہیں بیٹھتا۔ کوئی بلند آواز سے نہیں بولتا ساری فضا پر ایک پر اسرار خاموشی مسلط ہے۔ اور اس کے باوجود جس حاکم اور جس سردار کے جلال نے اس ماحول کو پیدا کیا ہے، وہ کتنا سادہ، اور کتنا درویش منش ہے۔ ایک پھٹی ہوئی کملی کندھوں پر، ایک تہمد کمر میں۔ مسکراہٹ ہونٹوں پر، اور دھیمی آواز کے ہر زیر و بم میں ایک خاص قسم کا جلال میں غیر شعوری طور پر سوچنے لگا تھا کہ اتنے سادہ، اتنے منکسر المزاج شخص کا رعب کیسے قائم ہے؟ اور کیوں لوگ اس کی ہر بات کو سر اور آنکھوں پہ جگہ دیتے ہیں۔ میرے اس سوال کا جواب میرے دماغ نے ابھی تک نہ دیا تھا کہ میں نے دیکھا ایک شخص مسجد میں آیا۔ کچھ گھبرایا گھبرایا ہوا سا۔ اس کے ہونٹوں پر

پٹریاں بندھی ہوئی تھیں، اور آنکھوں میں کچھ حیرانی تھی۔ وہ شرماتا ہوا سا ڈرتا کانپتا آیا، اور ایک طرف دبک گیا۔ ہادی عالم نے اسے دیکھ لیا اور مسکرا کر فرمایا۔

"گھبراؤ نہیں! — میں بادشاہ نہیں ہوں۔ میں قریش کی ایک غریب عورت کا فرزند ہوں، جو سوکھا گوشت کھایا کرتی تھی۔"

ان الفاظ میں عجیب قسم کا نشہ تھا۔ میں نہیں جانتا ان لفظوں کا اثر اس شخص پر کیا ہوا۔ مجھے تو صرف اتنا یاد ہے کہ میرے شعور پر ایک نیند سی طاری ہوگئی تھی اور میں غیر شعوری طور پر سوچنے لگا تھا۔ کہ قریش اس شخص کو ظالم اور جفا جو کہتے ہیں؟ مکہ والے اس شخص کے ہاتھوں نالاں ہیں کیا واقعی یہی وہ محمد ہے جس کی چیرہ دستیوں سے مجبور ہو کر مکہ والوں نے اُسے مکہ سے نکال دیا تھا؟ کیا سچ مچ یہی وہ شخص ہے جو اپنے آباواجداد کا دشمن ہے؟ یہ کیسے ہو سکتا ہے؟ — یہ کیسے ممکن ہو سکتا ہے؟ جو شخص اپنے رعب سے کانپنے والے شخص کو یہ کہہ کر تسلی دے کہ میں بادشاہ نہیں بلکہ قریش کی ایک غریب عورت کا فرزند ہوں — کیسے ممکن ہو سکتا ہے کہ وہ کسی پر ظلم کرے؟

لیکن، میں نے ان خیالات کو جھنجوڑ کر اپنے دماغ سے علیحدہ کر دیا — اُف! یہ خیالات میرے ارادوں کے کس قدر منافی تھے۔ ان کا میرے دماغ میں کیا کام تھا؟

اور چند لمحوں کے سکوت کے بعد سردار دو عالم نے فرمایا۔

"بلال! اذان کا وقت ہو گیا — اذان کہیئے!"

بلال ـــ ! مجھے یکلخت یاد آگیا۔ وہ غلام جسے ابوبکر نے خرید کر آزاد کیا تھا۔ وہ حقیر ـــ اُف ! میرے آقا ! ـــ یہ کیا تماشہ ہے جو میں دیکھ رہا ہوں ! حبشی، کالا کلوٹا غلام اور ـــ سردار مدینہ اسے کہہ رہے ہیں "اذان کہیئے"۔ کتنی لجاجت کتنا انکسار تھا ان الفاظ میں ـــ میرے رونگٹے کھڑے ہو گئے ـــ لیکن میں نے اپنے جوش کو دبا دیا۔

اذان ہوئی۔ مسلمانوں نے نماز پڑھی۔ یہ بھی عجیب منظر تھا۔ سب لوگ قطار در قطار کھڑے تھے۔ اور سرور دو عالم امامت فرما رہے تھے۔ سامنے کچھ نہ تھا لیکن اس کے باوجود ان لوگوں کے خضوع و خشوع کا یہ عالم تھا گویا سب کھو گئے ہیں۔ پہلے تو مجھے خیال آیا کہ رسیاں چھڑا کر بھاگ جاؤں، لیکن پھر نہ معلوم کیوں میں نے یہ سوچ لیا کہ کچھ دیر اور ٹھہر جاؤں۔ شاید کوئی پر لطف بات اور دیکھنے میں آئے۔

نماز سے فارغ ہونے کے بعد آنحضرت واپس حجرے میں تشریف لے گئے اور دوسرے لوگ بھی ایک ایک کر کے چلے گئے۔ مسجد خالی تھی۔ مجھ پر کوئی پہرہ دار نہ تھا۔ کوئی ایسا نہ تھا جو مجھے روک سکے۔ لیکن اس کے باوجود نہ معلوم وہ کون سی قوت تھی جس نے مجھے بھاگ جانے سے روکے رکھا ـــ میں رسیوں میں بندھا کھڑا رہا۔

کافی دیر کے بعد بلال نے پھر اذان کہی، اور لوگ آنا شروع ہوئے۔ کافی مجمع ہو گیا تھا۔ جب آنحضرت حجرے سے برآمد ہوئے۔ اور پھر وہی پرکیف منظر میری آنکھوں کے سامنے تھا۔ رکوع و سجود اور وہ عجیب و غریب کلام جو اللہ

کا پاک کلام ہے۔ میرے کانوں میں شہد سی ٹپکتا رہا۔ کلام پاک سننے کے بعد مجھے ایسا محسوس ہوا کہ اس معجز اثر کلام میں کچھ ایسی طاقت ہے جو دل کے سارے دکھوں کو ملیامیٹ کر دینے کا اثر رکھتی ہے ۔۔ ہاں جب سچے نبی کی سچی زبان نے کہا ۔۔ "اللہ ایمان والوں سے محبت رکھتا ہے۔ انھیں تاریکیوں سے نکال کر روشنی میں لے آتا ہے۔" تو مجھے ایسا محسوس ہوا کہ میں ایک تاریک وادی میں مدت سے بھٹکتا آیا ہوں ۔۔ تاریکی میں پیدا ہوا۔ تاریکی ہی میں پروان چڑھا۔ اس لیے میں نور کو پہچانتا نہیں ہوں۔ لیکن اب ۔۔۔ اب جیسے کوئی دور سے ایک دھندلا سا ستارہ میرے افق پر ابھرا ہو۔ اور میں حیران و ششدر اس تارے کی طرف تک رہا ہوں ۔۔! جیسے سوچ رہا ہوں کہ یہ کیا ہے ۔۔؟ کیسا دھبہ ہے یہ جو میری سیاہ چادر پر آ گرا ہے۔

اور پھر جب میں نے اس سچے نمازی کو یہ کہتے ہوئے سنا "خدا ہے۔ اس کے سوا کوئی بھی لائق عبادت نہیں، اس پر غفلت یا نیند کا اثر نہیں ہوتا۔ اسی کا ہے جو کچھ کہ آسمانوں اور زمین میں ہے۔ ایسا کون ہے جو اس کے اذن کے بغیر اس کے پاس شفاعت کر سکے۔ وہ خدا لوگوں کے اگلے پچھلے حالات جانتا ہے اور لوگ اس کے علم کا احاطہ نہیں کر سکتے۔ لوگ تو اتنا ہی جان سکتے ہیں۔ جتنا وہ چاہے۔ اس کی کرسی آسمانوں اور زمین کو گھیرے ہوئے ہے۔ اسے آسمانوں اور زمین کی حفاظت نہیں تھکاتی۔ وہ بڑی اعلیٰ شان اور عظمت والا ہے۔"

تو مجھے ایسا محسوس ہوا کہ روشنی کا وہ دھبہ جو میری سیاہ چادر پر آ گرا تھا پھیلنے لگا ہے ۔۔۔ وہ دھندلا سا ستارہ جو میرے افق پہ طلوع ہوا تھا بڑھنے لگا ہے

اور میں گھبرا گیا ــ میری آنکھیں جو گھٹا ٹوپ اندھیرے کی عادی ہو چکی تھیں۔ اِس بڑھتے اور پھیلتے ہوئے نورانی ستارے کو دیکھ کر چندھیانے سی لگیں ـــ میں گھبرا گیا ـــ ڈر گیا ــــ اور آنکھوں پر ہاتھ رکھ کر الٹے پاؤں بھاگ جانے کا خیال اندھادُھند میرے دماغ کے کونے کونے پر مسلط ہو گیا۔ لیکن میرے بازوؤں میں اب طاقت نہ تھی، آنکھیں ڈھانپ لینے کی۔ میری ٹانگوں میں بھاگ جانے کی سکت نہ تھی۔ مجھے ایسا محسوس ہوتا تھا کہ اس ستارے کے خوف نے میری ساری قوتوں کو شل کر دیا ہے۔ اور میں یہاں سے ایک انچ نہیں سرک سکتا اس لئے میں خاموش کھڑا حیرت سے ان لوگوں کو تکتا رہا۔

وہ شخص جو اب سے چند گھنٹے قبل معمولی کمل پوش نظر آ رہا تھا ایک پراسرار نور کی جگمگاہٹ میں چھپتا جا رہا تھا۔ انہوں نے میری طرف دیکھا اور میں نے ان کی طرف، لیکن میری اس وقت کی نظروں میں خاصا انقلاب آ چکا تھا۔ اس وقت میرا جی خواہ مخواہ چاہ رہا تھا کہ ایسی اچھی باتیں کرنے والے۔ ایسے اچھے آدمی کے قدم چوم لوں ــــ لیکن صرف جی چاہتا تھا، اور میرا غرور میرے اس خیال کے پاؤں میں بھاری زنجیروں کی طرح حائل تھا۔ میرے بائی دماغ نے فوراً جواب دیا۔ "ثمامہ ابن اثال رئیس نجد پاؤں چومے گا اس پھٹی ہوئی کملی والے کے،

" اونہہ" اور میں نے مُنہ دوسری طرف پھیر لیا۔

سرور دو عالم نے قدرے توقف کے بعد فرمایا۔ "بہت کس کے باندھ دیا ہے آپ لوگوں نے ــــ ذرا گرہیں ڈھیلی کر دیجئے۔ رات کو تکلیف ہوگی۔ اور میرے یہاں سے کھانا بھی منگوا دیجئے گا۔"

حیرت! ـــ قتل کا حکم جس زبان سے ملنا تھا۔ وہ زبان! ـــ میرا دل بے اختیار ہو کر پکار اٹھا ـــ "ثمامہ! کتنے نیک اور ہمدرد دشمن سے پالا پڑا ہے تجھے ـــ؟ تو کتنا خوش قسمت ہے ـــ!"

میری رسیاں اتنی ڈھیلی کردی گئی تھیں کہ میں بآسانی تمام رات کو سو یا کیا لیکن تعجب تو اس بات پر ہے کہ اتنی ڈھیلی رسیوں کے باوجود بھاگ جانے کا خیال تک میرے ذہن میں نہ آیا۔ سچ بات ہے محمدؐ نے کھجور سے بنی ہوئی رسیاں ڈھیلی کرادیں اور ـــ اور اپنے اخلاق اور اپنے کلام کی رسیوں کی ہر گرہ اور کس کر باندھ دی! ـــ میں ـــ میری مجال ہی کیا تھی جو ایک انچ بھی جنبش کرتا۔

دوسرے دن صبح پھر نماز ہوئی۔ اور میرے خدا ـــ میری زنجیروں میں کتنی اور کڑیوں کا اضافہ کردیا گیا۔ کتنے پر جلال تھے وہ الفاظ جنھوں نے مجھے اسطرح باندھ ڈالا کہ مجھ میں ہلنے کی بھی ہمت نہ رہی۔ نبی کریم نے خدا کا پاک کلام بڑی قرأت سے سنایا۔ "ہم نے تمھارے پاس رسول بھیجا جو تم ہی میں سے ہے۔ وہ ہماری آیتیں تم کو سناتا۔ تم کو پاک کرتا، کتاب اور حکمت کی تعلیم دیتا ہے، اور وہ علوم سکھاتا ہے جنھیں تم نہیں جانتے۔"

اور پھر فرمایا۔ "نبی لوگوں کو نیک باتیں کرنے کا حکم دیتا ہے۔ بُری باتوں سے روکتا ہے۔ پاکیزہ چیزوں کو لوگوں کے لئے حلال ٹھہراتا ہے اور ناپاک چیزوں کو حرام۔ ان کے بوجھ دور کردیتا ہے اور ان کے طوق نکال دیتا ہے۔"

وہ ستارہ بڑھتے بڑھتے چاند کی طرح ٹھنڈا اور خوشگوار ہوچکا تھا۔ اور میرے اردگرد کی ہر چیز اس کے نور میں نہائی ہوئی سی نظر آنے لگی تھی۔ اب میری آنکھیں کھل

چاند کی ضیا پاشیوں سے چکا چوندھ نہیں ہو رہی تھیں بلکہ کچھ لطف سا لینے لگی تھیں۔ لیکن جس طرح ایک پیدائشی اندھے کو دفعتہً آنکھیں مل جائیں تو اُسے کافی دیر تک اپنی بصارت پر یقین نہیں ہوتا۔ اسی طرح میں اس نور کو ابھی پوری طرح سے سمجھ نہیں پایا تھا۔ یا یوں کہیئے کہ ابھی تک اس سے فائدہ اٹھاتے ہوئے گھبراتا تھا اور اب بھی اپنی لاٹھی کا استعمال کرنا چاہتا تھا۔ اس لئے اس دن بھی جب سرورِ دو عالم میرے قریب تشریف لائے اور مسکرا کر پوچھا۔

" ثمامہ! مزاج کیسے ہیں؟"

تو میں نے اسی ترشروئی سے جواب دیا:" اچھا ہوں — واجب القتل ہوں، قتل کرا دیجئے۔ اور اگر گندم اور دولت کی خواہش ہے تو اس کی بھی کمی نہیں۔"

یہ جواب سن کر سرورِ دو عالم کے ہونٹوں پر وہی مسکراہٹ نمودار ہوئی اور مجھے ایسا محسوس ہوا گویا یہ مسکراہٹ بول رہی ہے۔ اور انتہائی صاف لب و لہجہ سے کہہ رہی ہے۔" تو نے اپنے مالک کو ابھی تک نہیں پہچانا؟ تو سمجھتا ہے کہ تو مجھے دولت دیگا۔ حالانکہ میں تیری جھولیوں کو اس دولت سے بھر رہا ہوں جو سب سے افضل اور سب سے اعلیٰ ہے جس کو کسی نقصان کا خدشہ نہیں۔"

لیکن یہ سب کچھ سمجھ جانے کے باوجود میں اپنے دل کی بات نہ بتا سکا۔ چپ ہو گیا اسی پیدائشی اندھے کی طرح آنکھیں مل جانے کے باوجود میں لکڑی کے سہارے بغیر ایک قدم آگے نہ بڑھ سکا۔

دن میں پانچ دفعہ نماز ہوتی اور پانچوں دفعہ سرورِ کونین نے بے اندازہ دولت لٹائی۔ خدا کا پاک کلام سنایا اور میں نے حیران و ششدر ان پر جلال الفاظ کو سنا۔

"کیا تم نہیں دیکھ رہے کہ آسمان اور زمین کی سب مخلوق سورج - چاند تارے پہاڑ - درخت - حیوان اور انسان کا بڑا حصہ خدا کا فرمانبردار ہے - پھر بھی بہت سے لوگ ایسے رہ جاتے ہیں جن پر عذاب کا نازل ہونا درست ٹھہرا ہے"۔

اور پھر ـــ "جو شخص اس دنیا میں اندھا ہوگا وہ آخرت میں زیادہ اندھا اور زیادہ گمراہ ہوگا ـــ" یہ پر سطوت الفاظ ـــ یہ پرشکوہ خیالات! میرے رونگٹے کھڑے ہوتے رہے - اور میں اپنی مرضی کے خلاف سوچتا رہا - کیا میں واقعی اُنہی میں سے ہوں جن پر عذاب کا نازل ہونا درست ٹھہرا ہے؟ کیا میں واقعی وہ اندھا ہوں جو آخرت میں زیادہ اندھا اور زیادہ گمراہ ہوگا؟ اور میرے ان سب سوالات کا جواب میرے دل کی طرف سے اثبات میں ملتا رہا - میں پیچ و تاب کھاتا رہا - بیقرار رہا اور کوشش کرتا کہ آنحضرت صلعم کے قدموں سے لپٹ جاؤں اور رو رو کر کہوں یا رسول اللہ مجھے آنکھیں بخش دیجئے - خدا کے سچے نبی مجھے اس عذاب سے بچا لیجئے - مجھے آخرت کی گمراہی سے نجات دلوایئے"۔ لیکن ـــ لیکن نہ معلوم کیوں میری سب کوششیں اکارت گئیں، پامال ہوگئیں میری ساری آرزوئیں۔ اور جب رحمت کا وہ بادل میری طرف آیا تو میرے غرور نے مجھے پٹی پڑھا دی اور میں نے نفرت سے مُنہ دوسری طرف پھیر لیا - اپنی خوش قسمتی کی طرف پیٹھ کر لی -

تیسرا دن طلوع ہوا - اب وہ ستارہ جو چاند بنا تھا سورج بن چکا تھا - نور کا وہ دھبہ جو میری کالی چادر پر آ گرا تھا بڑھتے بڑھتے میری ساری چادر کو محیط ہو چکا تھا اور اس کالی چادر کی ساری تاریکیاں رات کی سوچ بچار نے دھو ڈالی تھیں اس لئے جب نماز فجر کے لئے صفیں باندھی گئیں تو میرا دل بے اختیار چاہنے لگا - کاش میں ان اللہ کے سچے پرستاروں کے پہلو بہ پہلو کھڑا ہو کر اپنے سچے معبود کے سامنے سجدہ ہائے نیاز پیش کر سکتا - کاش میں

اس قابل ہوتا۔ میں کتنا ذلیل کتنا ذلیل ہوں کہ میں اپنے خدا کی بارگاہ میں۔ اپنے مالک کے حضور میں سجدہ کرنے کے قابل نہیں سمجھا جاتا۔ اس قابل بھی نہیں ٹھہرایا جاتا کہ میں اس کو اپنا لوں جو میرا اپنا ہے ـــــ" میں یہی سوچ رہا تھا کہ مجھے ایسا محسوس ہوا گویا کوئی دور سے کہہ رہا ہو۔" آپ اپنے کو ذلیل نہ سمجھو اور رنجیدہ نہ ہو۔ تم ہی سب سے برتر ہوگے۔ اگر تم ایمان لاؤ۔"

اور میں نے چونک کر دیکھا۔ ہادی عالم نماز پڑھاتے ہوئے یہی آیت تلاوت فرما رہے تھے۔ اور پھر انھوں نے فرمایا۔" اگر ان بستیوں کے رہنے والے ایمان لے آتے اور تقویٰ اختیار کرتے تو ہم ان پر زمین و آسمان کی برکتیں کھول دیتے لیکن وہ تو حکم الٰہی کو جھٹلانے لگے۔ اس لئے ہم نے ان کے فعلوں کے سبب سے مواخذہ کیا۔"

اور میری ساری کائنات یکزبان ہو کر پکار اٹھی۔" ایمان لاؤ ـــــ ایمان لاؤ اس پر جو سب سے بڑا سچا ہے۔ ثمامہ! یہ جھوٹ نہیں ہو سکتا ـــــ محمدؐ جھوٹ نہیں کہہ رہے ہیں۔ محمدؐ جھوٹے نہیں ہیں ان سے بڑھ کر سچا سارے عرب میں اور کوئی نہیں"،

لیکن میں پھر وہی بات کہونگا۔ اندھے کو آنکھیں تو مل گئی تھیں، لیکن اسے اپنی بصارت پر یقین نہیں آیا تھا اس لئے جب نماز سے فارغ ہونے کے بعد رحمۃ للعالمین میرے قریب تشریف لائے اور میرے کندھے پر ہاتھ رکھ کر بولے " ثمامہ! ـــــ اب کیا حال ہیں؟"

تو میری روح پکار اٹھی! ـــــ" ثمامہ! اب بھی مطلب نہ سمجھے گا تو؟ ـــــ اب بھی تیری سمجھ میں نہ آئے گا کہ رسول پاک تجھ سے کیا پوچھ رہے ہیں؟ ارے جاہل! تجھ سے تیری جسمانی صحت کا حال نہیں پوچھا جا رہا۔ تجھ سے پوچھا جا رہا ہے

کہ تیری روح کا کیا حال ہے ؟ — تجھ سے پوچھا جارہا ہے کہ وہ دھندلا ستارہ جو دفعتہً تیرے افق پر اُبھر آیا تھا ابھی سورج بنا ہے یا نہیں ؟ — وہ نورانی دھبہ جو تیری کالی چادر پر آگرا تھا ابھی تک تیری چادر کی تاریکیوں کو دھو دینے میں کامیاب ہوا ہے یا نہیں ؟ — تجھ سے پوچھا جارہا ہے کہ خدا کے پاک کلام کو سنتے تجھے تین دن گذر گئے اب بھی تو نے اپنے مالک کو پہچانا یا نہیں۔ آہ بد نصیب اب کیا حال ہے —؛ بتاتا کیوں نہیں ؟

اور میں نے بند ہوتی ہوئی سی آنکھوں کے ساتھ سرور پاک کی طرف دیکھا۔ مجھے ایسا محسوس ہوا کہ میرے سامنے آمنہ کا لال اور عبداللہ کا فرزند نہیں ایک نور مجسم کھڑا ہے — ایک رحمتوں کا دریا ٹھاٹھیں مار رہا ہے اور اس کی لہریں مجھے اشارہ کر رہی ہیں۔ میں نے محسوس کیا۔ ہاں میں نے محسوس کیا، کہ میرے کندھے پر کسی کے ہاتھ کا بوجھ نہیں، بلکہ رحمت کا ہاتھ ہے جس نے مجھے بچا لیا ہے۔ میں نے گھومتے ہوئے سر کو تھاما اور ہانپتی ہوئی سی آواز سے کہا۔

"اچھا ہوں — اگر آپ انعام فرمائیں تو ایک شکر گذار پر رحمت کرینگے"۔!

اُف! میری کمزوری! میں اپنے جذبات کے لئے یہی ٹوٹے پھوٹے الفاظ بہم پہنچا سکا میں گر نہ سکا ان قدموں پر —!

لیکن رحمت عالم نے ان الفاظ کے پردے میں چھپے ہوئے ہر جذبے کو سمجھ لیا۔ مسکرائے اور فرمایا۔ "تم آزاد ہو"۔ اور پھر مسجد میں کھڑے ہوئے لوگوں کی طرف دیکھ کر ارشاد کیا۔ "اس کی رسیاں کھول دو — ابن آثال! خدا تمہیں ہدایت دے"۔

مجھ ایسے مجرم کیلئے شاہ دو عالم کی زبان سے یہ الفاظ سن کر مسلمان کچھ حیران سے

ہو گئے۔ اور ایک دوسرے کی طرف دیکھنے لگے۔ گویا سوچ رہے ہوں۔ اور میں بھی حیران تھا۔ کہاں میرا ایسا مجرم اور کہاں آزادی اور یہ انعام ـــــ رحمۃ للعالمین کے سوا اور کون کر سکتا تھا اتنی بڑی مہربانی ـــــ اور کون معاف کر سکتا تھا مجھ جیسے مجرم کو۔؟

لیکن جب سرورِ دو عالم نے دوبارہ میری آزادی کا حکم نافذ فرمایا تو سب شوق سے میری طرف آئے ـــــ میری رسیاں کھول دی گئیں اور مجھے چاروں طرف سے مبارکباد ملنے لگی۔

لیکن مجھ میں اتنی ہمت نہ تھی کہ کچھ دیر اور ٹھہر سکوں۔ اس لئے آزاد ہوتے ہی جلدی سے باہر نکلا۔ مسجد نبوی میں قیدی بن کر آیا تو یہ عمارت مجھے دوزخ معلوم ہوتی تھی لیکن جب سرورِ دو عالم کے اخلاقِ حسنہ نے مجھے قیدی بنا لیا تو یہی قید میری جنت بن گئی۔ اس سے باہر جانے کو میرا جی نہ چاہتا تھا لیکن پھر بھی چلا گیا۔

مسجد سے کچھ فاصلہ پر کھجوروں کا ایک چھوٹا سا باغ تھا۔ میں وہاں پہنچا۔ غسل کیا اور جس طرح میرا دل تمام آلائشوں سے پاک ہو چکا تھا اسی طرح میں نے اپنے جسم کو بھی تمام نجاستوں سے پاک کیا اور پاک جسم اور پاک دل کے ساتھ پھر مسجد کی طرف چلا۔

کچی پستہ دیواروں کی وہ چھوٹی سی عمارت جس کی چھت پر کھجور کے خشک پتے پڑے ہوئے تھے۔ اب زمین پر اترا ہوا آسمان معلوم ہو رہی تھی ـــــ ایسا معلوم ہوتا تھا کہ مدینہ کے اس خوش نصیب خطۂ زمین پر آسمانی رحمتوں نے اُتر کر جسم اختیار کر لیا ہے۔ اور میں انہی رحمتوں کی طرف کھنچتا چلا گیا۔

سیدنا و مولانا مسجد ہی میں تھے۔ انھوں نے مجھے آتا دیکھا تو تبسم فرمایا اور بولے

"اب کیسے آنا ہوا ابن اثال ــــ؟"

اور میں نے عرض کی ــــ "یارسول اللہ! خدا کی قسم ساری دنیا میں اور کوئی شخص نہ تھا جس کے ساتھ مجھے آپ سے زیادہ نفرت ہو لیکن اب آپ ہی مجھے دنیا میں سب سے زیادہ پیارے معلوم ہوتے ہیں۔ آپ کا شہر مجھے کاٹ کھانے کو دوڑتا تھا اور مجھے اس کے ذرے ذرے سے نفرت تھی۔ لیکن اب اس سے بڑھکر کوئی عزیز شہر نہیں۔ آپ کے دین سے مجھے سخت ترین دشمنی تھی لیکن اب اس دین سے بڑھ کر مجھے کوئی دین اچھا نہیں لگتا ــــ مجھے بھی اپنی کملی میں جگہ دیجئے رسول اللہ!

اور خدا کے سچے نبی نے بڑھ کر مجھے سینہ سے لگا لیا۔ "میرے بھائی!" انھوں نے فرمایا۔ "خدا تم پر رحمت نازل کرے۔ کہو اشھد ان لا الٰہ الا اللہ و اشھد ان محمد عبدہٗ و رسولہٗ ــــ!"

اور میں نے یہ الفاظ دہرائے ــــ کیسے میٹھے کیسے پُرلطف ہیں یہ الفاظ دوست! ــــ تم بھی کہو ــــ پھر کہو ــــ پھر کہو ــــ اتنی دفعہ کہو کہ میں سُنتے سُنتے سو جاؤں ــــ!"

اذان

"اللہ اکبر ـــــ اللہ اکبر!"

قراقرم کے ایک دور افتادہ موضع کتنک کی ایک خوبصورت سبک سی مسجد کے بلند مینار سے یہ آواز گونجی اور کتنک کی مختصر سی آبادی کا بیشتر حصّہ خدائے بزرگ و برتر کے حضور میں سجدہ ہائے نیاز پیش کرنے کے لئے بیتابانہ مسجد کی طرف چل پڑا۔ نماز ہوئی۔ آج مسجد خلاف معمول نصف سے زیادہ بھری ہوئی تھی۔ نمازی بیحد مطمئن تھے اور ایک دوسرے کی طرف مسکراتی ہوئی نظروں کے ساتھ دیکھ رہے تھے۔ اس طمانیت قلب اور اطمینان ذہنی کی وجہ یہ تھی کہ موضع کتنک کے روحانی مقتدا اور اس مختصر سی مسجد کے خدا رسیدہ امام مولانا شیخ جمال الدین کئی دن تک حجرہ نشین رہنے کے بعد آج پھر مسجد میں رونق افروز ہوئے تھے اور امامت فرما رہے تھے۔

جس زمانے میں ہلاکت مجسم چنگیز اپنے خونخوار لشکر کے ہمراہ وسط ایشیاء کے وسیع میدانوں۔ بلند و بالا پہاڑوں اور طویل و عریض دریاؤں کو اپنے خونیں گھوڑوں کی ٹاپوں سے روندتا ہوا بخارا پہنچا اور جب بخارا کی مسلم آبادی کے خون نے تاریخ عالم کے صفحات پر سُرخ حرفوں میں جبر و قہر کی ایک

عبرتناک داستان لکھی تھی۔ اس وقت علما، فقہا اور محدثین کا ایک مرنجاں مرنج گروہ اس خونخوار ڈاکو کے ہاتھ لگ گیا۔ اس مقدس جماعت کو قراقرم لایا گیا۔ طرح طرح کی اذیتیں دی گئیں اور آخر انھیں کتک جیسی دور افتادہ جگہ میں رہنے کی اجازت دے دی گئی بلکہ یوں کہئے کہ محبوس کر دیا گیا۔ لیکن واحد خدا کے پرجوش پرستار اپنے خدا کا نام بلند کئے بغیر نہ رہ سکے۔ وحشی تاتاریوں کے انسانیت سوز مظالم انھیں اللہ اکبر کا نعرہ بلند کرنے سے نہ روک سکے۔ حضرت مولانا جمال الدین جو اس مقدس گروہ میں شامل تھے ان پرجوش مبلغین کے پیشرو تھے۔ آپ کی تحریک سے یہاں ایک چھوٹی سی مسجد تعمیر کی گئی اور پانچ وقت کی نماز با جماعت شروع ہو گئی۔ مولانا عالم باعمل ہونے کے علاوہ خدا رسیدہ ولی بھی تھے اور بعض اوقات آپ سے ایسی باتوں کا ظہور بھی ہو جایا کرتا تھا جس سے معمولی عقل والے دنگ رہ جاتے تھے۔ اس کے علاوہ آپ کے روحانی فیوض عام تھے۔ خدا نے آپ کی زبان میں بے پناہ اثر دیا تھا اور ان دھیمی دھیمی میٹھی میٹھی پر لطف باتوں کو سن کر لوگ جھوم جھوم جاتے تھے۔ ان وجوہ کی بنا پر کتک کے وحشی تاتاری جو اس وقت آفتاب پرستی کی علت میں مبتلا تھے متاثر ہوئے بغیر نہ رہ سکے۔ اور کتک کا غالب حصہ حلقہ بگوش اسلام ہو گیا۔ ان نومسلموں پر شیخ صاحب کا بہت اثر تھا اور یہ سب آپ کو اپنا روحانی مقتدا سمجھتے تھے۔ یہی وجہ تھی کہ جب تک شیخ موصوف گوشہ نشین رہے۔ اس وقت تک مسجد کچھ سونی سونی سی معلوم ہوتی رہی۔ لوگ آتے۔ بیدلی سے نماز پڑھتے اور چلے جاتے

نہ وہ چہل پہل تھی نہ گھما گھمی۔ نومسلم کچھ اُداس اداس سی نظر آتے تھے۔

اور آج چند دنوں کی صبر آزما جدائی کے بعد جب مولانا نے حجرے سے برآمد ہو کر نماز کی امامت فرمائی تو مسجد پر ایک دفعہ پھر بہار سی آگئی۔ وہ خاموشی جو اتنے دنوں تک در و دیوار پر مسلط رہی تھی ایک ایمان افروز ہنگامے میں بدل گئی۔ ایسا معلوم ہوتا تھا کہ مسجد کی دیواریں مسکرانے لگی ہیں۔

لیکن اس عام چہل پہل اور دبی دبی مسرت کے درمیان مولانا کا چہرہ افسردہ سا نظر آتا تھا۔ کچھ اترا اترا سا۔ ایسا معلوم ہوتا تھا کہ وہ کسی گہری سوچ میں مستغرق ہیں۔ اس کے علاوہ نماز پڑھاتے وقت بھی ان کی آواز میں لرزش تھی۔ ایک ہلکی سی کپکپی جسے رقت کہا جا سکتا تھا۔ نماز سے فارغ ہونے کے بعد جب دعا کے لئے ہاتھ اُٹھے تو سب حیران رہ گئے۔ مولانا کی آنکھوں سے آنسوؤں کے چشمے اُبل پڑے اور انھوں نے گڑگڑا کر دعا فرمائی۔

" الٰہی! تیرے قہر سے پناہ چاہتا ہوں ــــ الٰہی تیرے قہر سے پناہ چاہتا ہوں ــــ!" یہی الفاظ بار بار ان کی زبان پر آتے تھے۔ وہ سجدے کر رہے تھے بار بار۔ اپنی پیشانی گھس رہے تھے۔ رو رہے تھے انتہائی کرب انگیز لہجہ میں کہہ رہے تھے " یا الٰہی! ــ گنہگار تیری رحمت کے امیدوار ہیں۔ یہ کمزور دنیا یہ مغرور ربع مسکوں تیرے قہر کی تاب نہ لا سکے گا ــ الٰہی تیرے قہر سے پناہ چاہتا ہوں ــ" اور ابھی لوگوں کی حیرت مٹی نہ تھی کہ وہ سجدے میں گرے گرے گھبرا کر اٹھے۔ مُنہ پھیر کر حیران نمازیوں کی طرف دیکھا۔ اور آنسو پونچھتے ہوئے پُرجلال لہجے میں بولے۔

" لوگو — ! کتنک کے رہنے والو! تمھیں بُرائیوں سے ڈرایا گیا۔ ہر وہ قوت جو خدا نے مجھے عنایت کی تھی میں نے استعمال کی اور تمھیں گناہوں سے بچنے کی ہدایت کی۔ میں نے تمھیں عذاب الہٰی سے ڈرانے کی ہر ممکن تدبیر کی۔ لیکن میری تمام تدبیریں اکارت گئیں۔ میری تمام کوششیں رائگاں ثابت ہوئیں، تم پر اثر نہ ہوا تم نے زبان سے یہ دعویٰ کیا کہ خدا ایک ہے اور محمدؐ اس کے رسولؐ لیکن دل سے کبھی اس کا اقرار نہ کیا۔ تمھارے دل پر واحد خدا کی حکومت کبھی قائم نہ ہو سکی۔ تم حاکم سے ڈرتے رہے، تم محصول لینے والے سے کانپتے رہے۔ لیکن اس سب سے بڑے حاکم اعمال کا مواخذہ کرنے والے، اس سب سے بڑے محتسب کا تمھیں شمہ بھر خوف نہ ہوا۔ تم نے نمازیں پڑھیں اور حالت نماز میں اپنے فائدے اور نقصان کا سوچتے رہے۔ تم نے روزے رکھے لیکن دکھاوے کے لئے۔ تم نے عبادت کی لیکن شہرت کے لئے۔ تم نے خدا کا نام لیا لیکن عزت کے لئے۔ آہ! تم نے ہادی عالم محمد صلی اللہ علیہ وسلم کا دم بھرا لیکن دوزخ سے بچنے اور بہشت حاصل کرنے کی لالچ میں — تم نے اپنے اوپر بڑے بڑے ظلم کئے کتنک والو — ! تم نے ارحم الرّاحمین کو قہر مجسم بنا دیا۔ تمھاری بد اعمالیوں نے اس کے رحم وکرم کے دروازے بند کر دیئے۔ تم پر — ! قہر الہٰی کا پیمانہ لبریز ہو کر چھلکنے والا ہے۔ اس بستی پر خدا کا عذاب نازل ہونے والا ہے — تباہ کر دی جائے گی یہ بستی! اینٹ سے اینٹ بجا دی جائیگی اس کی۔ بھاگو اگر تم بچنا چاہتے ہو؟ میں جا رہا ہوں — میں ہمیشہ اپنا فرض ادا کرتا رہا — آخری فرض بھی ادا کر دیا میں نے۔ میں نے تمھیں اطلاع دے دی! — میں نے تمھیں بتا دیا۔ . . . "

مولانا کی زبان اور کچھ نہ کہہ سکی۔ وہ کہتے کہتے ایکدم خاموش ہوگئے اور کچھ دیر پرحسرت نگاہوں سے مبہوت لوگوں کی طرف دیکھنے کے بعد لڑکھڑاتی آواز میں بولے۔" میں نے اپنی زندگی کا ایک بڑا حصہ تمھارے درمیان آرام سے گذارا ہے میں اس کی گواہی دیتا ہوں کہ تم ایک اچھے ہمسائے اور شریف میزبان ثابت ہوئے ہو۔ لیکن اس کے باوجود قہر الٰہی کو ٹال دینے کی طاقت مجھ میں نہیں ہے میں جارہا ہوں — الوداع میرے دوستو! — الوداع — خدا تم پر رحم کرے۔"

مولانا لڑکھڑاتے ہوئے صفوں میں سے گذرنے لگے۔ لوگ چند لمحوں کے لئے دم بخود کھڑے ان کی طرف دیکھا کئے اور پھر یکایک ایک کہرام سا مچ گیا — گویا منجمد تختۂ آب کسی معجزاثر گرمی کی قوت سے یک دم پگھل کر جوش کھانے لگا "عذاب الٰہی؟" "کیسا؟" اور "کیوں؟" یہ الفاظ تھے جو ایک ہمہمہ بن کر اٹھے اور مسجد کی دیواروں سے سر پھوڑنے لگے۔

لیکن مولانا نے ان مختلف سوالات کا جواب نہ دیا وہ گھس پل کر جس طرح بھی ان سے بن پڑا مسجد سے نکل گئے۔ ان کے ساتھ موذن تھا — ایک چھریرے جسم کا مضبوط نوجوان آدمی۔ یہ دونوں مسافر بستی سے نکل کر ویرانے میں داخل ہوگئے۔

بھیانک رات، بھائیں بھائیں کرتا ہوا جنگل اور تنہائی — ! موذن رات ہی کو چند ضروری چیزیں لینے کے لئے واپس کٹک چلا گیا تھا اور مولانا تن تنہا ریت کے ایک ٹیلے کی آڑ میں چادر بچھا کر لیٹ گئے تھے۔ نیند تو خیر کیا آئی ہوگی البتہ جوں توں کر کے رات گذری۔ مولانا نے نماز فجر انتہائی خضوع و خشوع کے

ساتھ ادا کی اور درد بھرے دل کے ساتھ دعا کی۔ پھر ٹیلے کے سائے میں بیٹھ کر موذن کا انتظار کرنے لگے۔

سورج آہستہ آہستہ اُبھرا — اُفق پر بکھرے ہوئے آتشیں ! برپاروں پر آگ کے گولے کی طرح لڑھکتا ہوا بلند ہوا۔ اس میں حدت پیدا ہونی شروع ہوئی۔ اور بلند ہوا — اور بلند ہوا — اور آہستہ آہستہ رینگتا رینگتا — نصف النہار کو چھونے لگا۔ لیکن ابھی تک موذن کا کہیں پتہ نہ تھا۔ مولانا نے کئی مرتبہ ٹیلے کی بلندی پر چڑھ کر، ایڑیاں اُٹھا اُٹھا کر کتک کی طرف دیکھا لیکن جلتی ہوئی بالو کے بیکراں سمندر کے سوا انھیں اور کچھ نظر نہ آیا۔ وہ پھر مایوس ہو کر بیٹھ گئے۔

اب پیاس بھی محسوس ہونے لگی تھی — بھوک بھی اپنا رنگ جمانے لگی تھی قدرت کے مخالف ہتھیار آہستہ آہستہ تیز اور پھر تیز سے تیز تر ہونے لگے تھے لیکن مولانا اب بھی اپنے ساتھی کے انتظار میں ٹیلے کے سائے میں بیٹھے تھے۔

یکایک مولانا کی پشت کی طرف کسی کے گرنے کی آواز سنائی دی۔ مولانا نے گھبرا کر دیکھا — موذن — ان کا ساتھی اوندھے مُنہ زمین پر پڑا اس طرح ہانپ رہا تھا جیسے زخمی ہرن کچھار کے مُنہ پر گر کر سانس لینے کی کوشش کرتا ہے۔

مولانا کی حیرت کی انتہا نہ رہی اور انھوں نے بے تحاشہ پوچھا۔ "خیریت! کیا بات ہے؟ — یوں گھبرائے ہوئے کیوں ہو؟"

"پیرو مرشد!" موذن نے ہانپتے ہوئے کہا۔ "کتک پر عذاب الٰہی اپنی پوری شدت کے ساتھ وارد ہوا ہے۔"

مولانا نے پہلی مرتبہ اسے سر سے پاؤں تک دیکھا۔ اس کا سر ــــ نہیں اس کے جسم کا ایک ایک حصہ ریت سے ڈھنکا ہوا تھا۔ اس کی پلکوں پر ریت تھی۔ اس کی ناک پر ریت تھی۔ ایسا معلوم ہوتا تھا کہ وہ ریت کے سمندر سے نہا کر نکلا ہے۔

"خدا کے وعدے سچے اور اٹل ہوا کرتے ہیں میرے دوست! ــــ وہ جو بھی کہا کرتا ہے، کر دکھاتا ہے۔"

"اُف! پیر و مرشد! خوف سے میرا دم گھٹا جاتا ہے۔"

"اپنے دل کو مضبوط رکھو موذن! سچے راستہ پر چلنے والوں کو آنچ نہیں آتی، اور جن کا راستہ جھوٹا ہوتا ہے ان کی منزل مقصود بھی جھوٹی ہوتی ہے ــــ مجھے بتاؤ، تم نے کیا دیکھا؟"

"پیر و مرشد! مجھ میں تاب نہیں ہے اس کے بیان کی۔ اف میرے خدا۔ رحم رحم!"

"خدا کا رحم اس کے قہر سے بہت بڑا ہوتا ہے ــــ لیکن اس وقت جب کوئی اس کا رحم چاہے۔ مجھے بتاؤ تم نے کیا دیکھا اور تسلی رکھو تم امان پانے والوں میں سے ہو گے۔"

"پیر و مرشد! میں حضور سے جدا ہو کر چلتا چلتا کوئی آدھی رات کے قریب گھر پہنچا۔ چاروں طرف کہرام سا مچا ہوا تھا۔ مسلمان اپنا اپنا اسباب اٹھائے جا رہے تھے اور کچھ جانے کی تیاریوں میں مصروف تھے۔"

"الحمدللہ! ــــ مسلمان بچ گئے۔"

"میرا بھی قیاس ہے پیر و مرشد! کہ ساری مسلم آبادی راتوں رات کٹک چھوڑ گئی تھی۔ اور آفتاب پرست کفار ان کا مذاق اڑاتے رہے۔ وہ کہتے تھے ایک دیوانے کی بڑ تھی جسے تم نے سچ سمجھ لیا۔ مجذوب نے آواز لگا دی اور تم اٹھ بھاگے۔ لیکن

مسلمانوں نے طنز وطعن میں بجھے ہوئے ان نشتروں کی پروا نہ کی اور جتنی جلدی ہوسکا چل دیئے۔ میں اس سفر کی وجہ سے بہت تھک گیا تھا اس لئے فوراً واپس نہ لوٹ سکا۔ یونہی کمر سیدھی کرنے کی غرض سے لیٹ گیا۔ لیٹا تو آنکھ لگ گئی، اور صبح نماز کے وقت نیند کھلی۔ میں گھبرا کر اٹھا اور چلنے کے لئے کمر باندھنے لگا مکان سے نکلا تو مسجد دکھائی دی صبح کے مقدس دھندلکے میں لپٹے ہوئے وہ آسمان گیر مینار۔ اور ایک قطب سے دوسرے قطب تک پھیلے ہوئے وہ گنبد۔ آہ پیر و مرشد میرا دل پگھل گیا۔ مجھے ایسا محسوس ہوا کہ صبح صادق کی دھندلی دھندلی فضا۔ "اللہ اکبر۔ اللہ اکبر!" کا مانوس نعرہ طیبہ سننے کے لئے چند لمحوں کے لئے ساکت سی ہوگئی ہے۔ اشجار ایک شان متانت کے ساتھ کھڑے ہیں اور منتظر ہیں کہ کب موذن مینار پر آئے اور خدائے پاک کا پاک نام پکارے۔ مجھے ایسا ہی محسوس ہوا تھا پیر و مرشد! ۔ مجھے محسوس ہوا تھا کہ میناروں کی خاموش زبان کہہ رہی ہے "حیرت! ۔ وقت ہوگیا اور موذن نہیں آیا" اور میں یہ برداشت نہ کرسکا میں نے فیصلہ کرلیا کہ آخری دفعہ ۔ ایک بار اور اپنی پیاری مسجد کو خدا کا پیغام سنا کر جاؤنگا۔ کتک والوں کو ایک دفعہ پھر خدائے واحد کی طرف بلاؤنگا۔ اور میں۔ یہ سوچ کر پیر و مرشد میں مینار پر چڑھ گیا۔

لیکن خدا کو یہ منظور نہ تھا کہ کتک کی آبادی اس کا نام پھر سنے، اس کا پیغام پھر اس کے کانوں تک پہنچ جائے۔ میں نے ابھی ہاتھ کانوں پر رکھے ہی تھے کہ ایک عجیب وغریب قسم کی بارش شروع ہوگئی۔ یہ پانی نہ تھا۔ برف بھی نہ تھی۔ بلکہ آسمان سے ریت برس رہی تھی۔ اور اس شدت کے ساتھ برس رہی تھی کہ دیکھتے

ہی دیکھتے گلیاں ڈھک گئیں۔ چھتیں نظر سے اوجھل ہو گئیں۔ چند لمحوں کیلئے تیرہ بخت آفتاب پرست گلیوں میں ادھر ادھر بھاگے۔ دیواروں کی آڑ میں چھپے درختوں پر چڑھے۔ لیکن ریت کا بڑھتا ہوا سیلاب ان میں سے ہر ایک کو اپنے شکنجے میں پیس دینے کے لئے بڑھا آرہا تھا۔ پیرومرشد ان میں سے کوئی زندہ نہ بچ سکا۔ میں نے مینار پر سے یہ واقعات دیکھے اور گھبرا گیا۔ مجھے اپنی جان کے لالے پڑ گئے اسی گھبراہٹ میں میں مینار پر سے بھاگا ہوا اترا لیکن دروازہ بند تھا اور دروازے کے باہر ریت انبار در انبار تکیہ لگائے کھڑی تھی۔ کون ہٹاتا اس قوی دشمن کو؟ میں پھر بھاگا ہوا اوپر گیا گھبرایا گھبرایا چاروں طرف دیکھنے لگا ــــ ریت کے تودے لحظہ بہ لحظہ بڑھ رہے تھے۔ اور ان بڑھتے ہوئے انباروں میں کتک کی بلند و بالا عمارتیں ڈوبتی جا رہی تھیں۔ بچے۔ بوڑھے۔ جوان۔ مرد اور عورتیں سب اس آسمان سے گرتی ہوئی بے رحم موت کے جبڑوں میں پستے جا رہے تھے۔ مجھ سے یہ نہ دیکھا گیا پیرومرشد ــ میں یہ برداشت نہ کر سکا۔ میرے ہاتھ خود بخود اٹھے اور میری آنکھیں چھپا دی گئیں۔

میں نہیں جانتا کہ کب تک مینار پر آنکھیں بند کئے اکڑوں بیٹھا رہا ہوں، ریت مجھ پر برس رہی تھی۔ میری سانس رکی جا رہی تھی ــــ ایسا معلوم ہوتا تھا کہ اس بے پناہ ریت نے ہوا کو بھی اپنے نیچے دبا دیا ہے۔ اور ــ اور ــ پیرومرشد! مجھے یقین ہو گیا کہ میں بھی عتاب الٰہی کا نشانہ بنایا جاؤنگا۔ میرے گناہ اور میری لغزشیں ان کفار سے کم نہیں، اور میں عنقریب اسی ریت کے انبار کے نیچے ہوا کے ایک ذرے کے لئے تڑپتا ہوا مر جاؤنگا اور میں اسی موت کیلئے جس کا کوئی علاج نہ تھا

اپنے آپ کو تیار کر رہا تھا۔

یکایک مجھے ایسا محسوس ہوا۔نہیں۔۔میری بند آنکھوں نے دیکھا کہ آپ مینار کے نیچے ریت پر کھڑے ہیں اور پکار رہے ہیں۔۔میں نے دفعتہً آنکھیں کھول دیں اور دیکھا ریت کا پہاڑ مینار کی بلندیوں پر بڑھتا چلا آ رہا ہے۔میں نے بغیر سوچے سمجھے مینار پر سے چھلانگ لگا دی۔۔۔اور گرتا پڑتا، دھنستا، بچتا بھاگا۔ریت میرے سر پر برس رہی تھی۔اور میں بھاگتا گیا۔یہاں تک کہ اب!۔۔۔پیرومرشد! اتنا شدید عذاب۔۔۔ایسا خونخوار عذاب!"

مولانا کی آنکھوں سے آنسو برس رہے تھے۔۔۔انھوں نے گھگھیائی آواز میں کہا۔"میرے دوست! خدا تم پر رحم فرمائے۔عذاب الٰہی سے جتنا ممکن ہو دور رہنا چاہئے۔۔۔چلو۔۔۔اسی وقت چل پڑیں۔"

خانقاہ کے اردگرد بڑا وسیع و عریض گھنا جنگل تھا جس میں شکار کے جانور بکثرت پایا کرتے تھے۔اسی لئے تاتاری حکمران جب کبھی انسانی شکار سے اکتا جاتے تھے تو منہ کا مزا بدلنے کے لئے اسی جنگل کے جانوروں پر اپنی شمشیر زنی اور نیزہ اندازی کی مشق کیا کرتے تھے۔مولانا جمال الدین اور ان کا ساتھی موذن بھی عذاب الٰہی سے محفوظ رہنے کے لئے سارا دن اور ساری رات چلنے کے بعد اسی جنگل میں وارد ہوئے۔انھیں معلوم نہ تھا کہ تخت تاتار کا جواں سال اور آتشیں مزاج ولیعہد خان تغلق تیمور اسی جنگل میں شغل شکار میں مصروف ہے۔یہ دونوں معصوم آدمی سارا دن اور ساری رات کے سفر سے چور چور آئے اور آتے ہی ایک گھنے درخت کے سائے

میں لیٹ گئے۔ چندے توقف کے بعد مولانا نے فرمایا۔

"پانی مل جاتا — تو شاید بچنے کی امید ہو جاتی۔"

یہ سنتے ہی عقیدتمند موذن اٹھا اور پانی کی تلاش میں نکلا۔ گھنے جنگل میں جگہ جگہ پانی کے تالاب ہوتے ہیں موذن کو پانی کی تلاش میں زیادہ دقت نہ اٹھانی پڑی لیکن پانی لیکر واپس آیا تو عجیب منظر دیکھا۔ خون آشام تاتاری سپاہی اپنے مخصوص پستہ قد مضبوط گھوڑوں پر سوار ہاتھوں میں لمبے لمبے بھالے لئے مولانا کو گھیرے کھڑے تھے اور ان پر سوالات کی اتنی بے پناہ بارش کر رہے تھے کہ مولانا سے کوئی جواب نہ بن پڑتا تھا۔

موذن کے دل میں آئی کہ آگے بڑھ کر اپنے پیر و مرشد کے لئے جان دے دے لیکن پھر رک گیا۔ کچھ ٹھٹکا اور آخر ایک درخت کی آڑ میں چھپ گیا۔

اتنے میں ایک تاتاری جو ان سپاہیوں کا افسر معلوم ہوتا تھا آگے بڑھا اور ڈپٹ کر مولانا سے بولا "شہزادہ ذیوقار کا حکم تھا کہ اس نواح کی ساری آبادی شغل تنگ میں شہزادہ والا تبار کی مدد کرے اور تم — یوں اپاہج بنے بیٹھے ہو! کیا کیا تنکا مارا ہے تم نے خان عالم کے لئے؟"

تعجب سے ان لوگوں کا منہ تکنے کے سوا مولانا سے اور کچھ نہ بن پڑا۔ افسر کو اور غصہ آ گیا۔ اس نے اپنی ظالم ٹھوکر مولانا کے پاؤں پر جمائی اور ماتحت سپاہیوں کو حکم دیا "اس کے ہاتھوں میں رسیاں باندھ دو — اور شہزادہ عالی تبار کے دربار میں لے چلو — اس گستاخ کو ایسی سزا ملے گی کہ آسمان کا جگر بھی کانپ اٹھے گا —!"

یہ غریب افسر کیا جانتا تھا کہ وہ دین حقہ کے کسی مبلغ کو گرفتار کرکے لئے جا رہا ہے اور قدرت کے پر اسرار ہاتھوں نے اس مرد مجاہد کو کیوں ان وادیوں میں کھینچ لیا ہے۔ مولانا کو دست بستہ تیمور کے خیمے میں حاضر کر دیا گیا۔

صاحبقران، خون آشام تیمور کی جوانی دیکھنے سے تعلق رکھتی تھی۔ کشیدہ قامت اور مضبوط دست و بازو۔ بھرا بھرا چہرہ اور سانولی رنگت میں جھلکتا ہوا جوانی کا گرم سرخ خون ــــ ایسا معلوم ہوتا تھا کہ شام کے دھندلکے میں شفق کی رنگینیاں گھول دی گئی ہیں۔ پتلی ستواں ناک، بڑی بڑی سیاہ آنکھیں، اور ان پر لانبی لانبی جھکی ہوئی گھنی پلکیں، کشادہ پیشانی پر تڑپتی ہوئی سی سلوٹیں۔ اور باریک پیوست ہونٹوں کے گوشوں میں کانپتا ہوا سا غضبناک جلال۔ چوڑے سینہ پر قیمتی پتھروں سے گندھی ہوئی چمڑے کی صدری ــــ تیمور حسین بھی تھا، جوان بھی۔ غضبناک بھی تھا اور شعلہ خو بھی ــــ لیکن ان سب کے بعد دیکھنے والے سمجھ جاتے تھے کہ ذکاوت اور ذہانت اس حسین کشادہ پیشانی کی ہر سلوٹ میں انگڑائیاں لے رہی ہے ــــ اس کا جسم جتنا مضبوط، زور آور اور دبدبے والا تھا اتنا ہی اس کی چمکدار آنکھیں ایک خاص قسم کی روحانی کشش کی حامل تھیں اس کی آنکھوں کو ایک نظر دیکھ لینے سے محسوس ہونے لگتا تھا کہ ان بڑی بڑی کالی آنکھوں سے ایک صاف، پاکیزہ اور سنرہ روح جھلک رہی ہے۔

امنۃ الحبیب بیگم، تاتاری خاندان کی شعلہ رو حسینہ اس وقت بھی تیمور کے ساتھ تھی۔ امنۃ الحبیب بیگم ایک نازک اندام حسینہ اور ناز و ادا کی پوٹ ہی نہ تھی۔ بلکہ وہ ایک سپاہی عورت تھی۔ شمشیر زنی میں بڑے بڑے مرد اس کا

لوہا مانتے تھے ۔ صرف یہی نہیں بلکہ آگے چل کر تاریخ بتاتی ہے کہ امۃ الحبیب بیگم نے اپنی قیادت میں کئی لڑائیاں لڑیں اور تیمور کے دشمنوں کو ایسی ایسی شکستیں دیں جن کا ذکر تاریخ بڑے فخر کے ساتھ کرتی ہے۔

لیکن آج امۃ الحبیب صرف ایک حسینہ تھی۔ گو اس کے نسائیت آلود چہرے پر اب بھی مردانہ سطوت اور جلال نظر آتا تھا، تاہم آج وہ صرف اپنے محبوب کی محبوبہ تھی ۔ تیمور شکار کے لئے آیا تو امۃ الحبیب اس سے جدا نہ ہو سکی وہ بھی ساتھ ہی چلی آئی ۔ یہ دونوں شاہی خیمے میں بیٹھے تھے۔ امۃ الحبیب قدرے فاصلے پر کھڑی اپنے محب کا حسین چہرہ دیکھ رہی تھی اور تیمور اپنے شکاری کتے کو خنزیر کا گوشت کھلا رہا تھا۔

یکایک دربان نے آکر سات سلام عرض کئے اور سینہ پر ہاتھ باندھ کر مودبانہ سر جھکائے بولا۔ "آقائے نامدار چند نمکخوار ایک بوڑھے گستاخ کو گرفتار کر کے لائے ہیں اور حضوری کے طالب ہیں۔"

تیمور نے کتے کے سر پر پیار سے ہاتھ پھیرتے ہوئے حکم دیا۔ "پیش کیا جائے۔"

حکم کی دیر تھی خیمے کے پردے اٹھے اور سپاہی مولانا جمال الدین کو پابہ زنجیر گھسیٹتے ہوئے لے آئے۔ سپاہی سجدے میں جھک گئے لیکن مولانا سیدھے کھڑے رہے۔ ان کی گردن میں بھی خم نہ پیدا ہوا۔ تیمور اپنے کتے کے ساتھ ایسا مشغول تھا کہ اس نے سر بھی نہ اٹھایا لیکن امۃ الحبیب بیگم نے اس بوڑھے دہقان کی گستاخی کو دیکھ لیا۔ وہ برداشت نہ کر سکی۔ شعلہ کی طرح بھڑکی، تڑپی، اور پیچ و بل کھاتی ہوئی مولانا کے سامنے آگئی۔

"تمہیں معلوم نہیں کہ تم خان اعظم کے ولیعہد کے دربار میں حاضر ہوئے ہو— سجدہ پیش کرو اپنے آقا کے قدموں میں۔"

تیمور نے چونک کر دیکھا اور محبوبہ کے آتشیں رخساروں پر غیظ و غضب کی احمریں لہریں دیکھ کر مسکرانے لگا۔ مولانا نے تیمور کی دھیمی سی مسکراہٹ کو فال نیک سمجھا اور ادب سے عرض کی۔" اپنے آقا کے قدموں پر یہ غلام دن میں پانچ دفعہ سجدے پیش کرتا ہے۔ شہزادی صاحبہ! اور آقا جانتے ہیں کہ غلام کے سجدے ہمیشہ مخلصانہ رہے ہیں ان میں ظاہرداری نام کو نہیں ہوتی۔"

" ہم عبودیت کے اس اظہار پر خوش ہوئے۔" تیمور نے آگے بڑھتے ہوئے کہا۔ لیکن یہ ہم کیا دیکھ رہے ہیں کہ ہمارے سپاہی ہمارے ایک مخلص فرماں گزار کے ہاتھوں میں ہتھکڑی ڈالے ہوئے ہمارے سامنے پیش کر رہے ہیں۔"

"آقائے نامدار!" افسر نے سجدہ پیش کرنے کے بعد عرض کیا۔" شہزادہ عالی کا یہ حکم تھا کہ ہانی گل اور اس کے نواح کے علاقوں میں رہنے والے سارے غلامانِ شاہ حضور آقا کے شغل صید و شکار میں جان و دل سے مدد کریں۔ اور کوشش کریں کہ زیادہ سے زیادہ شکار شہزادۂ عالم کی خدمت میں پیش کیا جائے۔ لیکن یہ بوڑھا درخت کے تنے سے لگا بیٹھا تھا اور بالکل بیکار تھا۔ یہ امر صریحاً حکم عدولی تھی۔ اس لئے غلامان سلطنت نے اسے گرفتار کر کے دربار میں پیش کر دینے کو اپنا فرض سمجھا۔"

" تم نے اپنا فرض ادا کیا۔ اور ہم خوش ہیں کہ ہماری فوج ظفر موج کے سپاہی ہمارے ہر حکم کی تعمیل میں جان لڑا رہے ہیں۔"

" لیکن ولیعہد سلطنت مجرم کی طرف توجہ نہیں فرما رہے۔" امتہ الحبیب نے کہا۔

"مجرم کا فیصلہ ہونا چاہیئے۔"

"ہاں ہوگا ـــــ لیکن امتہ الحبیب نہ معلوم ... کیوں آج ہم خلاف معمول بہت خوش ہیں اور چاہتے ہیں کہ کسی کو ہمارے ہاتھ سے گزند نہ پہنچے۔"

"لیکن شہزادۂ عالم! اگر اس قسم کے گستاخوں کو قرار واقعی سزا نہ دی گئی تو کنیز کو خوف ہے ملک میں ابتری پھیل جائیگی۔ اور چنگیز اعظم کے خواب شرمندۂ تعبیر نہ ہو سکیں گے۔"

"تم نے غلط کہا امتہ الحبیب! چنگیز اعظم کے خواب اور خان اعظم ہلاکو کے کوہ شکن ارادے اس کی اولاد کی رگوں میں خون بن کر دوڑ رہے ہیں اور جب تک آل چنگیز کا آخری فرد دنیا میں ہے یہ خواب قائم رہیں گے۔ ان خوابوں کو پورا ہونا پڑیگا۔ گستاخ مجرم! ہمارے احکام کی اطلاع ہائی محل کے ہر فرد کے کانوں تک پہنچادی گئی تھی۔ ہمیں اپنے سپاہیوں اور قاصدوں پر پورا بھروسہ ہے پھر کیا وجہ ہے کہ تیری بدنصیب ہڈیوں نے ہمارے غیظ و غضب کو للکارا! کیوں ہمارے ارادوں کی تکمیل میں رخنہ اندازی کی جرأت کی گئی؟"

"شہزادۂ عالم! غلام .... "

"شہزادۂ عالم کے سامنے سربسجدہ ہو کر جواب دے گستاخ!" امتہ الحبیبہ نے ڈپٹ کر کہا۔ "آل چنگیز اپنے قوانین کی پیروی سختی سے کرانے کی عادی ہے۔"

"غلام کی ناعاقبت اندیشی غلام کو ایک خوفناک جسارت پہ مجبور کر رہی ہے شہزادی صاحبہ غلام کو غلامان محمدی میں سے ہونے کا شرف حاصل ہے۔ اس لئے غیر از اللہ کے سامنے سجدہ ریز ہونے کی جرأت غلام میں نہیں۔"

"تیرا یہ مغرور سر ایک لمحہ کے بعد تیری گردن پر نہ ہوگا ـــ اگر آئین چنگیزی کی

پابندی نہ ہوئی۔" امتہ الحبیب سراپا شعلہ بن کر بولی۔

" اگر خود شہزادی صاحبہ کی تلوار اس حقیر گردن کو سر کے بوجھ سے آزاد کرا دینے کے لئے اٹھے تو غلام اسے سعادت سمجھے گا۔"

" تو تجھے انکار ہے؟"

مولانا نے خاموشی سے سر جھکا لیا۔

" سپاہیو!" امتہ الحبیب اس سے زیادہ برداشت نہ کر سکی۔" گردن اڑا دو اس ناہنجار کی۔"

" ٹھہرو امتہ الحبیب!" تیمور نے آگے بڑھتے ہوئے کہا۔" بڑھاپے کے اس سفید کہرے میں جوانی کی گرمیاں اور جرأتیں لپٹی ہوئی نظر آ رہی ہیں۔ جو تیمور کے سامنے سجدہ ریز ہونے سے انکار کر رہا ہے وہ معمولی شخص نہیں ہو سکتا۔ مجرم! ہمارے سوال کا جواب ابھی تک نہیں دیا گیا۔"

" شہزادۂ عالم! غلام ہانی گل کا باشندہ نہیں۔ غلام آج ہی کتک سے یہاں وارد ہوا ہے تمام رات اور کل سارا دن پا پیادہ چلنے کی وجہ سے اس قدر نڈھال ہو چکا تھا کہ درختوں کے گنجان سائے کو غنیمت جان کر وہیں بیٹھ گیا۔ غلام کو احکام تیموری سے آگاہی نہ تھی۔"

" تیرے جیسے بہادر جھوٹ نہیں بولا کرتے۔ ہمیں تم پر اعتبار ہے لیکن ہمارے حضور میں سجدہ ریز نہ ہونے کی جو وجہ بیان کی گئی اس سے ہم مطمئن نہیں ہوئے۔ ہم تمہاری بہادری کی دل سے قدر کرتے ہیں لیکن آئین چنگیزی کا پاس و ادب ہمیں اپنے عزیز ترین خیال سے بھی زیادہ عزیز ہے۔"

" مجھے شہزادۂ عالم کی نرمی سے شکایت ہے۔" امتہ الحبیب میں اب صبر کی تاب نہ تھی۔" یہ شخص جو ہمارے کتے سے بھی زیادہ ذلیل ہے اتنے عفو و کرم کا حقدار نہ تھا۔"

" خوب!" تیمور نے ایک بلند آہنگ وحشیانہ قہقہہ لگایا۔" ہماری امتہ الحبیب تو شاعرہ ہوتی جا رہی ہیں۔ مجرم! ہمارے سوال کا جواب دو۔ اور اگر اس سوال کا جواب شافی نہ ملا تو یقیناً

تمھاری سزا بہت سخت ہوگی۔ بولو! تم اچھے ہو یا ہمارا کتا؟"

"شہزادہ عالم! مولانا نے ادب سے کہا۔" اگر غلام ایمان کی دولت سے مالا مال ہے تو غلام اس کتے سے اچھا ہے اور اگر اس سے تہیدست تو یہ کتا غلام سے بدرجہا بہتر ہے۔"

"کیا ـــ کیا کہا تم نے؟ ہم سمجھے نہیں!"

"غلام نے یہ عرض کی تھی کہ اگر غلام کو ایمان کی دولت ملی ہے تو غلام اس کتے سے بہتر ہے اور اگر نہیں تو یہ کتا غلام سے بہتر ہے۔"

"ایمان ـــ؟ یہ کون سی زبان کا لفظ ہے جو ہماری سماعت سے ٹکرایا ہے مجرم"؟

مولانا نے سر بلند کیا اور لجاجت آمیز آواز میں جواب دیا" انسان کو خدا نے پیدا کیا شہزادہ عالم! ـــ اور انسان کا فرض ہے کہ وہ اپنے مالک اور اپنے پیدا کرنے والے ہی کو اپنا حقیقی معبود سمجھے، اسی کے سامنے سر نیاز جھکائے، اسی کو اپنا رازق اور اسی کو اپنا آقا و مولا سمجھے انسان کے اس فرض کو شریعت حقہ نے ایمان کا نام دیا ہے اور جو لوگ اپنے اس فرض کو بحسن و خوبی انجام دیتے ہیں ایماندار کہلاتے ہیں۔"

"کیا کہہ رہے ہو ـــ؟ اس دنیا کا پیدا کرنے والا آفتاب ہے ـــ یہ دنیا آفتاب کی وجہ سے ظہور میں آئی۔"

"غلام کی زبان شہزادۂ عالم کے اس خیال کی تائید کرنے سے قاصر ہے۔"

"تمھارا مذہب؟ ـــ کس مذہب کے پیرو ہو تم؟" تیمور نے قدرے حیران ہو کر پوچھا۔

"غلام کو غلامان محمدی میں ہونے کا شرف حاصل ہے۔"

"صاف کہو ـــ کیا مذہب ہے تمھارا؟"

"اسلام ـــ!"

"مسلمان ہو تم ۔۔؟"

"شہزادۂ ذی وقار۔"

"ہم سمجھ گئے ۔۔ آل چنگیز میں سے بعض حاکم اسی مذہب میں شامل ہو گئے تھے، لیکن ۔۔ ہاں! ان سب کو تہ تیغ کر دیا گیا تھا ۔ ہمیں یاد ہے ۔ لیکن ہم اکثر سوچا کرتے ہیں کہ یہ لوگ اتنی شدید مخالفتوں کے باوجود اسلام لانے پر کس طرح تیار ہو سکے؟ مجرم تمھارا نام کیا ہے؟"

"غلام کو جمال الدین کہہ کر پکارا جاتا ہے ۔۔ شہزادۂ عالم۔"

"تو جمال الدین! ۔۔ ہم اکثر تخلیے میں سوچا کرتے ہیں کہ آل چنگیز کا گرم مزاج خون تمھارے اس مذہب کو کس طرح قبول کر سکا ۔ لیکن اس پر بہت کچھ سوچنے کے باوجود ہم کسی نتیجہ پر نہیں پہنچ سکے ۔ ہم جاننا چاہتے ہیں کہ اسلام کیا ہے؟"

"شہزادۂ عالم ۔۔ غلام عرض کر دیتا ۔ لیکن غلام بوڑھا ہے ۔ سفر بہت کر چکا ہے تکان جسم کی ہڈی ہڈی توڑے ڈالتی ہے ۔ اگر شہزادۂ عالم تشریف رکھیں تو غلام عرض کرنے کی جسارت کرے گا۔"

تیمور نے ایک نظر امتہ الحبیب کی چڑھی ہوئی چتونوں پر ڈالی اور پھر نیم خند مسکراہٹ کے ساتھ بولا: "امتہ الحبیب بہت ناراض ہے ۔ لیکن آج ہم بہت خوش ہیں ۔ اگر یہ دلچسپ مشغلہ ہو جائے تو برائی کیا ہے بیٹھو امتہ الحبیب تم بھی سنو۔"

امتہ الحبیب جلتی کڑھتی دوسرے خیمہ میں چلی گئی ۔۔ اور تیمور ہنس کر ایک طرف ہو بیٹھا ۔

مولانا نے تقریر شروع کی ۔ کچھ تو مولانا کے انداز بیان میں جادو تھا اور پھر بیان

اسلام کا۔ سونے پر سہاگا ہو گیا۔ مولانا نے کچھ ایسے موثر طریقے سے اسلام کی باتیں بیان کیں کہ تیمور کے مسکراتے ہوئے ہونٹ آہستہ آہستہ سمٹ گئے اور اس کے چہرے پہ ایک عجیب قسم کی متانت چھا گئی اور آہستہ آہستہ اس کی آنکھوں اس کے ہونٹوں اور اس کے نتھنوں سے ایک عظیم انہماک اور مکمل بیخودی کا اظہار ہونے لگا۔ وہ ہمہ تن محو خدا کا پاک کلام اور مولانا کی زبان فصاحت انتہا سے اس پاک کلام کی تفسیر سنتا رہا۔ سرور کونین کی بے لوثی، آپ کا عظیم ایثار اور خلق کے متعلق سنتے سنتے تیمور کو ایسا محسوس ہونے لگا۔ کہ اس پہ نئی دنیا کے دروازے کھولے جا رہے ہیں۔ اسے ایک ایسا راستہ دکھایا جا رہا ہے جو اپنی شان کا نرالا راستہ ہے۔

اور جب مولانا نے اپنی تقریر ختم کرتے ہوئے کہا — تو شہزادۂ عالم! اس کمبل پوش عرب نے دنیا کو یہ پیغام دیا اور اس دین کی طرف بلایا ہے اس دین کو ہم اسلام کہتے ہیں اور یہ نہ صرف ہمارے بلکہ سارے عالم انسانیت کے لئے ہے۔ خدا نے محمد صلی اللہ علیہ وسلم کو کسی قوم یا ملک کے لئے نہیں بلکہ سارے عالم کے لئے مبعوث فرمایا تھا"

تو تاتاری شہزادے کے رونگٹے کھڑے ہو گئے۔ اس نے بہت جبر کیا بہت روکا لیکن آنکھیں نم آلود ہو گئیں۔ وہ اپنی اس کمزوری کو ظاہر نہ کرنا چاہتا تھا۔ اس لئے ایک چھوٹا کھوکھلا سا قہقہہ لگا کر بولا۔

"ہم تمھاری باتیں سن کر بہت خوش ہوئے جمال الدین! — تمھیں رہا کیا جاتا ہے"

"شہزادۂ عالم!" مولانا نے انکسار سے کہا "ذرہ نوازی ہے۔ لیکن کیا واقعی آپ دل پر ہاتھ رکھ کر کہہ سکتے ہیں کہ جو پیغام سرور دو عالم کی زبان سے دیا گیا تھا وہ خدا کا پیغام نہیں کیا آپ یہ کہہ سکتے ہیں کہ اسلام آپ کیلئے نہیں؟ آپ اس کی ہمہ گیر برکات سے حصہ نہ لیں گے شہزادۂ عالم؟"

تیمور نے دور اُفق میں آنکھیں گاڑے ہوئے دھیمی آواز میں کہا۔ ایسا معلوم ہوتا تھا کہ وہ اپنے آپ ہی سے باتیں کر رہا ہے۔" ایسے کلام کے خدا کا کلام ہونے میں کیسے شک ہو سکتا ہے جمال الدین؟ — اور ایسے بہادر آدمی کو کون جھوٹا کہہ سکتا ہے جو تن تنہا ایک وحشی قوم کے مقابلہ میں سینہ سپر ہو جائے؟ ہمیں ایسا محسوس ہو رہا ہے کہ جد بزرگوار چنگیز نے بہت بڑا جرم کیا تھا۔ گناہ کیا تھا انھوں نے — ہلاکو خاں کی تلوار کو اسلام کی حفاظت کے لئے اُٹھنا چاہئے تھا — یہ دونوں سچے لوگ تھے اور سچوں کی قدر کرنا جانتے تھے، لیکن بھول ہو گئی ان سے — بھول ہو گئی!"

"شہزادۂ عالم! مولانا نے خوشی سے پکارا —" تو اس بھول کو آپ ٹھیک کر دیجئے آپ سچ کی حمایت میں تلوار اٹھایئے۔"

"شاید کوئی ایسا وقت آ جائے۔" تیمور نے اسی دھیمی آواز میں کہا۔

"شاید — شاید فرمایا حضور نے۔ بھٹکے ہوئے راہی کو جب ٹھیک راستہ کا پتہ مل جائے شہزادۂ عالم تو پھر پس و پیش کیسی؟ کہئے شہزادۂ عالم! اشھد ان لا الہ الا اللہ و اشھد ان محمداً عبدہٗ و رسولہٗ"

"کیسا میٹھا کلام ہے جمال الدین! — کیسی پر لطف بات ہے — خدا ایک ہے اور محمدؐ اس کا بندہ بھی ہے اور رسول بھی —! بندہ بھی اور رسول بھی۔ کتنی شان ہے اس میں — کتنی عظیم سچائی!"

"تو شہزادۂ عالم! آپ کیا سوچ رہے ہیں؟ — سچائی آپ کو پکار رہی ہے بہادروں کا شیوہ سچائی کا اعلان ہے۔"

"ہم کریں گے۔" تیمور نے بلند آواز سے کہا۔" اس سچائی کا اعلان ہمارے ہاتھوں سے ہو گا۔ ہمیں محسوس ہو رہا ہے کہ چنگیز اعظم اور ہلاکو کے نام پر سچائی کو کچل دینے کا دھبہ لگا

ہوا ہے۔ ہم اس دھبے کو صاف کئے بغیر نہ رہیں گے۔ لیکن ـــ" اس کی آواز دھیمی پڑگئی اور جیسے مجبور ہو کر وہ بولا۔ "ابھی وقت نہیں آیا جمال الدین ـ ہم وعدہ کرتے ہیں ہم اس سچائی کا اعلان کریں گے لیکن اس وقت جب تاتار کی زمام سلطنت ہمارے ہاتھوں میں ہوگی۔ اس وقت تم ہمیں یہ وعدہ یاد دلانا۔"

کئی سال بیت گئے۔ زمانہ کی کروٹوں نے کئی انقلاب برپا کئے اور ان میں سے ایک یہ بھی تھا کہ خان تغلق تیمور تخت تاتار پر بحیثیت خان کے متمکن ہو گیا۔

ایک دن ابھی پو پھٹی ہی تھی۔ ستارے آنکھیں جھپک رہے تھے کہ کسی کی مترنم آواز "اللہ اکبر ـــ اللہ اکبر" نے اس کے خوابوں کا شیرازہ پریشان کر دیا۔ وہ رات بہت دیر تک جاگا تھا اور یہ ارادہ لیکر سویا تھا کہ صبح کافی دن چڑھے تک سوتا رہیگا۔ لیکن اس کی کھڑکی کے نیچے کسی جگانے والے نے پکار پکار کر کہنا شروع کیا۔ "نماز نیند سے اچھی ہے ـ عبادت نیند سے اچھی ہے۔"

اور تیمور چونک کر اٹھ بیٹھا چند لمحوں تک وہ اس عجیب و غریب پیغام کو سنتا رہا اور جب خاموشی طاری ہو گئی تو غیر شعوری طور پر اس پیغام کے ایک ایک لفظ پر غور کرنے لگا۔ چند سے غور کرنے کے بعد جب اس کی سمجھ میں کچھ نہ آیا تو اس نے جھنجھوڑ کر اس خیال کو ذہن سے ہٹا دیا اور پھر سونے کے لئے کروٹیں بدلنے لگا۔ لیکن ایسا محسوس ہوتا تھا کہ اس کے دل میں کوئی بیٹھا پکار رہا ہے۔ "نماز نیند سے اچھی ہے۔"

وہ اسی ادھیڑ بن میں رہا اور صبح ہو گئی۔ رات کی بے خوابی کا کسل تیمور کی طبیعت کو سخت برافروختہ کئے ہوئے تھا اس لئے پہلا حکم جو اس کے ہونٹوں سے جاری ہوا یہ تھا کہ اس شخص کو

پا بہ زنجیر دربار میں حاضر کیا جائے جس نے اسے رات کو پریشان کیا ہے۔

حکم کی دیر تھی ایک نوجوان آدمی حاضر کر دیا گیا۔ تیمور نے اسے دیکھتے ہی پر عتاب لہجے میں کہا۔ ”کون ہو تم؟ اور اس طرح رات کو ہماری کھڑکی کے نیچے پکارنے کی جرأت کیونکر ہوئی تمہیں؟“

”میرا نام خان اعظم!“ اسیر نے لجاجت سے کہا ”ارشدالدین ہے اور میں شیخ جمال الدین کا بیٹا ہوں۔“

”جمال الدین؟“ تیمور نے بھنویں سکوڑتے ہوئے کہا۔

”جی ہاں خان اعظم! والد محترم وفات پا چکے ہیں اور مرتے وقت انہوں نے مجھے وصیت کی تھی کہ خان اعظم تیمور کو ان کا وعدہ یاد دلا دیا جائے انہیں مرتے وقت سخت افسوس ہو رہا تھا کہ وہ اپنا فرض ادا کئے بغیر اس دنیا سے رخصت ہو رہے ہیں مجبور ہو کر یہ فرض مجھے تفویض کیا گیا ہے۔ میں نے دربار سلطانی میں رسائی حاصل کرنے کی ہر ممکن تدبیر کی لیکن دربار عالی کے پہرہ داروں نے مجھے قدم بوسی کی سعادت سے محروم رکھا مجبور ہو کر میں نے خدا کا پیغام خان اعظم کی سماعت تک پہنچانے کا یہ راستہ نکالا جرم کیا سزا کیلئے تیار ہوں لیکن اس کے ساتھ ہی خان اعظم کو ان کا وعدہ یاد دلائے بغیر نہیں رہ سکتا۔“

”ارشدالدین!“ تیمور نے پرجلال آواز میں کہا۔ ”ہمیں وعدہ یاد آ گیا اور ہم تمہارے شکر گزار ہیں۔ ہم نے تمہارے والد سے وعدہ کیا تھا کہ خان اعظم چنگیز اور ہلاکو کی غلطی صاف کی جائے گی، اور آج ہم اعلان کرتے ہیں کہ تیمور کی تلوار اسلام کی حفاظت کیلئے ہے۔ وہ بت کدہ جس نے کعبہ کی بنیادیں ہلا دینے کی قسم کھائی تھی کعبہ کے استحکام کے لئے مزدور پیش کرتا ہے۔“

تیمور تخت سے نیچے اتر آیا اور ارشدالدین کو سینے سے لگا کر بولا ”مجھے وہ کلام سکھاؤ میرے بھائی! جس سے روح تمام غلامیوں سے آزاد ہوتی ہے۔“

تمام شد